COLLECTION FOLIO

Ingmar Bergman

Scènes de la vie conjugale

Traduit du suédois
par Carl Gustaf Bjurström
et Lucie Albertini

Gallimard

Le texte présenté ici est celui de la série télévisée.
Il en a été tiré une version cinématographique abrégée.

Titre original :

SCENER UR ETT AKTENSKAP

Ingmar Bergman est né à Uppsala (Suède) en 1918, fils d'un pasteur luthérien à la morale rigide — qui deviendra bientôt le pasteur d'une importante paroisse de Stockholm — et d'une mère dominatrice. Enfant maladif, à l'imagination débordante, il tente très tôt d'échapper au carcan familial. Il se consacre alors au théâtre universitaire au cours des années 1937-1940 et est engagé par la SF (Svensk Filmindustri) pour remanier des scénarios. Il écrit son premier scénario, *Tourments*, qui est tourné en 1944 par Alf Sjöberg et réalise lui-même son premier film *Crise* en 1945. Directeur du Théâtre municipal de Helsingborg (1944-1945), puis metteur en scène aux théâtres de Göteborg (1946-1949), de Malmö (1953-1960) et finalement au Théâtre Dramatique de Stockholm, il devient entre 1963 et 1966 le directeur de cette scène nationale, l'équivalent, en Suède, de la Comédie-Française en France.

Tout en travaillant au théâtre, il tourne ses films — de préférence en été — et ce seront, entre autres : *La Prison* (1948-1949), *Monika* (1952), *La Nuit des forains* (1953), *Sourires d'une nuit d'été* (1955) — qui remporte le Prix spécial du jury à Cannes en 1956 — *Le Septième Sceau* (1956), *Les Fraises sauvages* (1957), *Le Visage* (1958), *À travers le miroir* (1961), *Les Communiants* (1961-1962), *Le Silence* (1962),

Persona (1965), *Cris et chuchotements* (1971), une série impressionnante de films portant son empreinte très personnelle et pratiquement tous écrits par lui. Son premier grand feuilleton pour la télévision, *Scènes de la vie conjugale* (1972) fascine la Suède entière ; une version cinématographique est faite en 1974 en même temps que Bergman tourne pour la télévision l'opéra de Mozart *La Flûte enchantée,* suivi de *Face à face* (1975).

À la suite d'un litige avec le fisc, inutilement monté en épingle par les autorités, Bergman quitte temporairement la Suède et s'installe à Munich où il tourne *L'Œuf du serpent* (1976) puis *De la vie des marionettes* (1979-1980) et c'est en Norvège qu'il tourne *Sonate d'automne* (1977). De retour en Suède, il y tourne *Fanny et Alexandre* (1981-1982) qui sera, annonce-t-il, sa dernière création pour le grand écran. Il tournera cependant quelques œuvres pour la télévision, dont *Après la répétition* (1983) et un tout petit film consacré aux photos de sa mère, *Le Visage de Karin* (1986). Il continue ses mises en scène au théâtre.

Il publie en 1987 un essai autobiographique *Laterna magica,* suivi en 1990 par une analyse de ses films : *Images*. Il écrit enfin le roman-scénario *Les Meilleurs Intentions,* consacré à l'histoire de ses parents ; ce n'est pas lui qui tourne ce feuilleton de télévision, mais le metteur en scène danois Bille August qui remportera, avec le film qui en est tiré, la Palme d'or du festival de Cannes 1992.

PRÉFACE

Pour que le lecteur embarrassé ne se perde pas dans ce texte, je pense que contrairement à mon habitude, je dois donner un commentaire à ces six scènes. Le lecteur qui ressent pareille directive comme une offense doit sauter les lignes qui suivent.

Première scène : Johan et Marianne sont les enfants des normes figées et de l'idéologie de la sécurité matérielle. Leur style de vie bourgeois ne leur a jamais paru oppressant ou fallacieux. Ils se sont conformés à un modèle qu'ils sont prêts à répandre. Leur activité politique passée vient plutôt confirmer cela que le contredire.

Au cours de la première scène, ils présentent la belle image d'un couple pratiquement idéal, confronté un peu plus loin avec une liaison du type « inferno ». Avec beaucoup de gentillesse, ils s'adonnent à leur hybris, ils trouvent qu'ils ont tout arrangé pour le mieux. Solutions patentées, mignons clichés ronronnent à nos oreilles. Peter et Katarina apparaissent comme de pitoyables détraqués, alors que Johan et

Marianne ont tout mis en ordre pour le mieux dans le meilleur des mondes. A la fin de cette scène, une petite contrariété les met à l'épreuve et les oblige à choisir. Il en résulte une blessure apparemment insignifiante qui guérit et se cicatrise. Mais sous la cicatrice, il y a eu infection. Voilà du moins ce que j'ai pensé. Si quelqu'un trouve autre chose, c'est aussi bien.

Deuxième scène : Tout est toujours idéal, presque merveilleux. De petits ennuis que l'on résout dans un accord souriant. Présentation des professions et du milieu professionnel. Une anxiété vague trouble Marianne. Elle ne peut pas la définir, encore moins la saisir, mais elle sent instinctivement que quelque chose ne va pas entre elle et Johan. Elle fait un effort peu convaincu et sans grand succès pour réparer la faille qu'elle devine obscurément. Johan a aussi quelques mystérieuses conversations au téléphone. Le soir où ils vont voir *Maison de poupée* (et quelle autre pièce auraient-ils pu aller voir !) un malaise inexprimé se crée entre eux, qu'ils essaient l'un et l'autre de surmonter et qui est finalement balayé sous le tapis.

Troisième scène : Coup de tonnerre. Johan raconte assez brutalement qu'il est tombé amoureux d'une autre femme et qu'il a l'intention de partir. Il est plein d'élan, de projets et comme vivifié par l'égoïsme joyeux de son nouvel amour. Marianne est foudroyée. Complètement abandonnée. Elle n'a rien vu venir. En quelques minutes, elle devient sous nos yeux une plaie à vif et palpitante. Humiliation et désarroi.

Quatrième scène : Retrouvailles après un temps assez long. Pour Johan cela commence à aller plutôt mal, bien que cela ne se voie pas. Au contraire. Pour Marianne on devine le début d'une guérison, mais tout cela est encore très vague et tout le passé demeure : l'attachement à Johan, une solitude hypersensible, le désir que tout redevienne comme avant. Une rencontre douloureuse et gauche, faite à la fois d'esprit de conciliation et d'agressivité. Ils se rejoignent un bref instant à travers leurs solitudes et leurs éloignements. Tout est douloureux, infecté, brisé. Faut-il que je le dise ? Cette scène est vraiment triste.

Cinquième scène : Et maintenant, ça barde. Marianne commence à se reprendre, Johan perd de plus en plus pied. Ils ont l'idée mirobolante de divorcer et demandent ensemble le divorce en s'adressant au même avocat. Ils se rencontrent un soir au début de l'été, dans le bureau de Johan, afin de signer les papiers pour ce divorce. Soudain, c'est l'explosion. Des années d'agressivité refoulée, de haine, d'ennui réciproque et de colère remontent. Peu à peu, ils perdent leurs visages humains et deviennent pour finir de véritables fous qui n'ont qu'une idée en tête : se faire du mal, physiquement et moralement. Dans ces tentatives, ils sont même pires que Peter et Katarina que l'on a vus dans la première scène, car ceux-ci ont une sorte de routine dans leur inferno. Ils sont, si l'on peut dire, diaboliques d'une façon plus professionnelle. Johan et Marianne n'ont pas encore appris à se retenir à l'extrême limite. Ils veulent tout simplement s'anéantir l'un l'autre et ils y parviennent presque.

Sixième scène : Je m'imagine maintenant que deux êtres nouveaux commencent à naître au milieu de tous ces ravages. Peut-être est-ce trop optimiste, mais c'est devenu comme ça, je n'y peux rien. Johan et Marianne ont traversé tous les deux la vallée de larmes et ils l'ont enrichie de nouvelles sources. Tous deux, ils commencent, en épelant, à se connaître, à se reconnaître. Ce n'est pas une simple question de résignation. Il s'agit aussi d'amour. Pour la première fois, Marianne écoute sa mère qui fait toujours des histoires. Johan jette un regard conciliant sur sa propre situation, il est gentil avec Marianne, mais d'une façon nouvelle et adulte. La confusion règne toujours, rien ne s'est amélioré. Tous les rapports sont compliqués et il est indéniable que leur vie est basée sur un tas de mauvais compromis. Mais maintenant ils sont en quelque sorte entrés dans le monde réel d'une tout autre manière qu'avant. Du moins, je le crois. Il n'y a pas de solution en vue et ce ne sera pas un véritable happy-end. Bien que cela eût été amusant d'y parvenir. Ne serait-ce que pour faire enrager tous ces gens délicats et esthètes qui de dégoût devant cette œuvre parfaitement compréhensible, seront pris de nausées dès la première réplique de la première scène.

Que dire de plus ? J'ai mis trois mois pour écrire cette œuvre, mais il m'a fallu un temps assez long de ma vie pour la vivre. Je ne suis pas certain que cela aurait été mieux si c'était le contraire qui s'était produit bien que cela eût été plus élégant. J'ai éprouvé comme de l'affection pour ces gens pendant que je m'intéressais à eux. Ils étaient quelquefois passablement incohérents, puérils et angoissés, quelquefois passablement adultes. Ils disent bien des sottises et parfois, certaines choses raisonnables. Ils sont anxieux, gais, égoïstes, sots, gentils, sages, désintéressés, affectueux, emportés, tendres, sentimentaux, insupportables, aimables. Le tout dans un unique mélange. Voyons maintenant ce qui se passe.

Farö, le 28 mai 1972.

1

Innocence et panique

Une interview chez Marianne et Johan. Légèrement apprêtés et tendus, ils sont assis l'un à côté de l'autre sur un sofa et pas n'importe quel sofa. Un sofa vert, fin de siècle, tout en arrondis, avec d'accueillants accoudoirs, des coussins moelleux et des pieds sculptés, tellement « comme on est bien chez soi » que c'en est monstrueux. On aperçoit sur une table une belle lampe à pétrole. Au fond, une imposante bibliothèque. Sur une autre table, il y a du thé et des toasts, du vin de xérès et de la marmelade. Mme Palm, la journaliste, est assise et tourne le dos à la caméra. Elle a installé un petit magnétophone parmi les assiettes et les tasses. Un photographe barbu va et vient dans la pièce, surgissant et disparaissant.

MME PALM (d'un ton enjoué) : On pose toujours pour commencer une question passe-partout. Pour se mettre à l'aise.

JOHAN : Je ne suis pas particulièrement mal à l'aise.

MARIANNE : Moi non plus.

MME PALM (encore plus enjouée) : Alors tant mieux.

Voici donc ma question : Pouvez-vous vous décrire brièvement ?

JOHAN : Ce n'est pas facile.

Mme PALM : Ce n'est tout de même pas très difficile.

JOHAN : Cela peut entraîner des malentendus.

Mme PALM : Vous croyez !

JOHAN : Évidemment. Si je me décris comme quelqu'un de remarquablement intelligent, jeune, dynamique, sexy, bien équilibré, on aura l'impression que je me vante. Un homme cultivé dans le coup, ayant beaucoup lu et dont on recherche la compagnie. Je ne sais plus quoi inventer, moi : bon camarade. Un bon camarade, sympathique même avec ceux qui ont eu moins de chance que lui. Et sportif. Bon père de famille. Bon fils. Respectueux de notre gouvernement quelles que soient ses décisions. J'ajoute aussi que j'adore la famille royale. Et que je me suis retiré de l'Église d'État. Cela vous suffit-il ou désirez-vous d'autres détails ! Et j'oubliais, je suis un amant incomparable, n'est-ce pas Marianne ?

Mme PALM (souriante) : Nous reviendrons là-dessus un peu plus tard. Et vous madame, qu'avez-vous à dire ?

MARIANNE : Eh oui. Qu'est-ce que je peux bien dire ? Je suis mariée avec Johan et j'ai deux filles.

Mme PALM : Oui...

MARIANNE : Je ne vois rien d'autre pour le moment.

Mme PALM : Réfléchissez...

MARIANNE : Je trouve Johan plutôt sympathique.

JOHAN : Merci, c'est gentil.

MARIANNE : Nous sommes mariés depuis treize ans.

JOHAN : Je viens de renouveler le bail.

MARIANNE : Je ne suis peut-être pas aussi assurée de ma propre perfection que Johan. Mais à la vérité, cette vie me convient, j'en suis assez heureuse. C'est une vie agréable. Vous me comprenez n'est-ce pas ? Et que dire d'autre ? C'est vraiment difficile.

JOHAN : Marianne est très bien faite.

MARIANNE : Tu plaisantes sans arrêt. Moi, j'essaie de répondre sérieusement. J'ai deux filles, Karin et Eva.

JOHAN : Tu viens de le dire.

MME PALM (renonçant) : Je vous reposerai peut-être cette question tout à l'heure. Mais j'y pense, nous prendrons, n'est-ce pas, une photo avec les enfants. Là, sur le sofa, avec papa et maman.

MARIANNE : Elles rentreront de l'école dans un moment.

MME PALM : C'est très bien. Alors, donnez-moi, s'il vous-plaît, quelques renseignements précis. J'aimerais connaître votre âge.

JOHAN : J'ai quarante-deux ans. Mais je les parais à peine. N'est-ce pas ?

MARIANNE : J'en ai trente-cinq.

JOHAN : Nous sommes tous les deux d'origines tellement bourgeoises que c'en est presque indécent.

MARIANNE : Le père de Johan est médecin...

JOHAN : Et ma mère est mère. Incroyablement.

MARIANNE : Mon père est avocat. Il avait toujours été entendu que je serais avocate moi aussi. Je suis la dernière d'une famille de sept enfants. Ma mère régentait toute une grande maison. Elle s'est maintenant un peu calmée.

JOHAN : Ah vraiment? (Sourires polis.)

MARIANNE : Ce qui est curieux dans notre cas, c'est que nous avons vraiment beaucoup de joie à nous retrouver avec nos parents. On se voit assez souvent. Il n'y a jamais eu véritablement de conflits entre nous.

Mme PALM : Nous pourrions peut-être dire quelques mots de vos professions.

JOHAN : Je suis chargé de cours à l'Institut psychotechnique.

MARIANNE : Je me suis spécialisée dans le droit de la famille et je travaille dans un cabinet d'avocats. Nous nous occupons surtout de divorces ou d'affaires de ce genre. Ce qui est intéressant dans ce travail, c'est qu'on est tout le temps en contact avec...

LE PHOTOGRAPHE (surgissant) : Auriez-vous la gentillesse de vous regarder tous les deux. Voilà, c'est ça. Je voulais juste... Excusez-moi...

MARIANNE : Qu'est-ce qu'on peut se sentir bête!

Mme PALM : Rien qu'au début. Comment vous êtes-vous rencontrés?

MARIANNE : Je laisse à Johan le soin de vous le raconter.

JOHAN : Mon Dieu, oui, *ça,* c'est intéressant!

MARIANNE : De toute façon, il n'y a pas eu de coup de foudre!

JOHAN : On sortait pas mal tous les deux et on s'est vus à de nombreux dîners et réunions. De plus, nous avons milité tous les deux pendant de nombreuses années et nous avons fait du théâtre amateur. Je ne peux pas dire que l'on se soit fait une très grosse impression l'un sur l'autre. Marianne me trouvait crâneur.

MARIANNE : Il avait une liaison avec une chanteuse et on en parlait, ça lui donnait une certaine réputation. Il était insupportable.

JOHAN : Et Marianne à dix-neuf ans était mariée avec un minus dont la seule qualité était d'être un fils à papa très riche.

MARIANNE : Il était tout de même très gentil. Et j'étais très éprise de lui. Et puis, j'ai eu presque tout de suite un enfant. Cela aussi a compté.

MME PALM : Mais comment...

JOHAN : Comment c'est devenu nous deux ? Au fond, c'est Marianne qui en a eu l'idée.

MARIANNE : Mon enfant est mort peu après sa naissance. Mon mari et moi, nous avons alors divorcé avec un certain soulagement. Johan que sa chanteuse avait renvoyé était un peu moins crâneur. On se sentait seuls et plutôt meurtris. J'ai proposé qu'on soit ensemble. On n'était pas du tout amoureux l'un de l'autre, on avait seulement du chagrin.

JOHAN : Ensemble, on était bien et on s'est mis sérieusement à nos études.

MARIANNE : On s'est donc mis en ménage. Nos mères n'ont pas bronché, alors qu'on s'attendait qu'elles soient très choquées. Au contraire, elles ont profité de l'occasion pour devenir de bonnes amies. On était soudain acceptés en tant que Johan et Marianne. On s'est mariés au bout de six mois.

JOHAN : Nous étions alors, en plus, tombés amoureux l'un de l'autre.

MARIANNE : Très amoureux.

JOHAN : Les autres nous considéraient pratiquement comme un couple idéal.

MARIANNE : Et ça n'a pas changé depuis.

Mme PALM : Pas de complications ?

MARIANNE : Pas de soucis matériels. Des relations détendues avec la famille et nos amis des deux côtés. Chacun un bon métier que nous aimons. Une bonne santé.

JOHAN : Etc. Etc. C'en est presque indécent. Ordre, sécurité, bien-être, loyauté. Une réussite à ne pas s'y fier.

MARIANNE : Nous avons, bien sûr, nos points de frictions comme tout le monde. C'est évident. Mais sur l'essentiel nous sommes d'accord.

Mme PALM : Jamais de disputes ? Jamais de reproches ?

JOHAN : Si, Marianne me fait des reproches.

MARIANNE : Johan se met si difficilement en colère que nous n'arrivons jamais à nous disputer.

Mme PALM : Mais c'est merveilleux tout ça.

MARIANNE : Pas plus tard qu'hier soir, quelqu'un nous a dit que le manque de problèmes était en soi un sérieux problème. Il y a sûrement du vrai. Une vie comme la nôtre présente toujours ses dangers. Nous en sommes très conscients.

JOHAN : Autour de nous, tout fout le camp et moi je m'arroge le droit de cultiver mon jardin. En politique, tous les systèmes sont corrompus. Il me suffit de penser à tous ces nouveaux évangiles pour avoir immédiatement la nausée. C'est toujours en fin de compte celui qui a les ordinateurs avec lui qui gagne. C'est mal vu de penser ainsi, mais je crois avoir le droit de m'occuper de ce qui me regarde et de me ficher des autres.

MARIANNE : Moi, je ne suis pas du même avis que Johan.

Mme PALM : C'est-à-dire ?

MARIANNE : Je crois en la sympathie humaine.

Mme PALM : Qu'entendez-vous par là ?

MARIANNE : Si chacun depuis sa tendre enfance apprenait à faire attention à son voisin, le monde serait, j'en suis sûre, différent.

LE PHOTOGRAPHE : Ne bougez pas. Gardez cette expression. C'est fait. Merci.

MARIANNE : Voici Karin et Eva. Je vais leur dire de s'arranger un peu.

Marianne sort rapidement. On l'entend qui parle avec ses filles. Johan bourre sa pipe et échange un sourire timide mais poli avec Mme Palm qui avale une gorgée de son thé refroidi et ne sait plus très bien quelle question poser.

JOHAN : A dire vrai, ce n'est pas aussi simple.

Mme PALM : Que voulez-vous dire ?

JOHAN : Dans le temps, on croyait que rien ne pouvait nous arriver. Maintenant, nous savons que n'importe quoi peut nous tomber dessus. C'est, en fait, toute la différence.

Mme PALM : L'avenir vous fait peur ?

JOHAN : Si j'y pensais, je serais paralysé de peur. Du moins, je l'imagine. Voilà pourquoi je n'y pense pas. J'aime ce vieux sofa accueillant et cette lampe parce qu'ils me donnent l'illusion d'une sécurité fragile, ça en devient presque comique. J'aime la *Passion selon saint Matthieu* de Bach, même si je ne suis pas croyant, parce qu'elle me fait rêver à une vie pieuse, bien ancrée dans le monde. Je dépends beaucoup des relations très étroites que nous entretenons avec nos familles parce que je retrouve là ce sentiment de protection que j'avais dans mon enfance. J'aime entendre Marianne parler de sympathie humaine. C'est rassurant pour une conscience qui s'inquiète toujours à tort. Je pense qu'il faut mettre au point une technique qui permette de vivre et d'être satisfait de sa vie. Il faut vraiment faire un effort pour apprendre à ne pas se faire tout le temps du mauvais sang. Les gens que j'admire le plus sont ceux qui prennent la vie comme une bonne blague. Je n'y arrive pas. Je n'ai pas assez d'humour pour un tel tour de passe-passe. On ne va pas mettre ça dans le journal, n'est-ce pas ?

MME PALM : Non, cela me paraît un peu trop compliqué pour nos lectrices. Excusez-moi de vous le dire aussi directement. (Un silence.)

JOHAN : Alors, de quoi allons-nous parler ?

MME PALM : Oh ! J'ai tout un tas de questions.

Marianne se réinstalle sur le sofa avec ses filles (Eva, douze ans et Karin, onze ans). Bien peignées et bien habillées, en vue de la photographie, elles paraissent un peu gauches. Intimidées et ravies, elles pouffent de rire. Tout le monde se congratule. On change et on rechange de place selon les indications du photographe. Johan se cramponne à sa pipe. Une fois que la photo de famille est prise, les enfants ont la permission de se retirer à la cuisine où les attend un bon goûter. Johan s'excuse, il a un coup de fil à donner, il disparaît plus rapidement que poliment. Mme Palm saute sur l'occasion. Il s'agit, ne l'oublions pas, d'un magazine féminin.

MME PALM : Je crois que nous ne nous sommes pas revues depuis le lycée.

MARIANNE : Tu vois souvent nos anciennes camarades ?

MME PALM : A dire vrai, non. (Elle se lance.) A ce qu'il me semble, ton mari et toi, vous vous entendez bien. N'est-ce pas ? Je veux dire que vous êtes vraiment heureux. N'est-ce pas ? Tout ce que vous racontez semble merveilleux. Mais bien sûr, pourquoi certains n'auraient-ils pas le droit d'avoir une vie parfaitement réussie.

MARIANNE : J'ignore si notre vie est parfaitement réussie. Mais c'est vrai, nous vivons bien. Je veux dire que nous sommes heureux. Nous le sommes certainement.

MME PALM (enchaînant) : Quelle définition donnerais-tu du mot bonheur ?

MARIANNE : J'y suis vraiment obligée ?

MME PALM : Il s'agit d'une interview pour un magazine féminin, Marianne.

MARIANNE : Si je trouvais quelque chose à dire au sujet du bonheur, Johan se moquerait de moi. Non, je ne peux pas. Invente quelque chose toi-même.

MME PALM (espiègle) : Tu ne t'en tireras pas par une dérobade.

MARIANNE : Le bonheur, c'est d'être content. Je n'ai envie de rien. Sauf, bien sûr, que l'été soit vite là. (Un silence.) J'ai envie que tout reste pareil. Que rien ne change.

Mme PALM (encouragée) : Et la fidélité ?

MARIANNE : Tu ne trouves pas que tu exagères ?

Mme PALM : Tu dois vraiment m'aider à étoffer un peu ça. Ton mari est on ne peut plus charmant, mais on n'a pas dit grand-chose tant qu'il a été là.

MARIANNE : La fidélité ?

Mme PALM : Oui, la fidélité. Dans un couple, évidemment.

MARIANNE : Eh oui, que peut-on dire de la fidélité ?

Mme PALM : Dans ton métier, tu as dû tout de même...

MARIANNE : Je me demande si la fidélité peut être autre chose qu'une évidence. Je crois que la fidélité ne peut jamais être une contrainte ou un parti pris. On ne peut jamais se promettre de rester fidèle. La fidélité existe ou n'existe pas. Cela me plaît d'être fidèle à Johan, voilà pourquoi je lui suis fidèle. Mais j'ignore naturellement ce qu'il en sera demain ou la semaine prochaine.

Mme PALM : Tu as toujours été fidèle à Johan ?

MARIANNE (distante) : Nous glissons, je crois, sur un terrain trop personnel.

Mme PALM : Excuse-moi. Plus qu'une question, pendant que Johan est encore au téléphone. L'amour ? Il faut que tu dises quelque chose de l'amour. Cela fait partie du canevas de cette série d'interviews. Il faut dire quelque chose de l'amour.

MARIANNE : Et si je ne le veux pas ?

MME PALM : Alors c'est moi qui serai obligée d'inventer quelque chose et ce ne sera sûrement pas aussi bien.

MARIANNE : L'amour, personne ne m'a jamais dit ce que c'est. Et je ne suis même pas sûre qu'il faille le savoir. Mais si tu souhaites une description qui soit exhaustive, tu peux prendre la Bible. Là, saint Paul décrit ce que c'est que l'amour. Le seul inconvénient, c'est que sa définition nous écrase. Si l'amour est ce que dit saint Paul, c'est une réalité si rare que presque aucun homme ne l'a connue. Mais en tant que texte à lire à haute voix à des mariages ou autres solennités, ce passage est assez impressionnant. Moi, je pense qu'il suffit d'être aimable avec son compagnon. La tendresse c'est bien aussi. Et l'humour, la camaraderie, la tolérance. Ne pas attendre de l'autre des choses extraordinaires. Si on arrive à tout ça... L'amour, alors, ce n'est plus tellement important.

MME PALM : Mais pourquoi cette fougue ?

MARIANNE : Je passe mon temps dans mon métier à voir défiler des gens qui, un jour, se sont retrouvés écrasés sous le poids d'exigences sentimentales absurdes. C'est inhumain. Je voudrais...

MME PALM : Tu voudrais ?

MARIANNE : Je ne sais pas. Je ne parviens pas à maîtriser ce problème et c'est pour ça que je ne désire pas en parler. Mais je voudrais que les gens... Que nous ne soyons pas tenus les uns et les autres à jouer un tas de rôles que nous refusons de jouer. Que nous puissions vivre ensemble plus simplement, plus tendrement. Tu ne trouves pas ?

Mme PALM (enjouée) : Tu voudrais une vie plus romantique ?

MARIANNE : Non, ce n'est pas du tout ce que je voulais dire. En fait, je voulais dire tout le contraire. Tu vois comme je m'exprime mal. Et si on parlait enfants et cuisine ? C'est tout de même plus concret.

Mme PALM : Peut-être nous sommes-nous éloignées du sujet.

MARIANNE : Je le crois, en effet. (Sourires polis.)

Mme PALM : Bon. Alors, comment arrives-tu à concilier ton travail et ta vie de mère et d'épouse ?

Johan et Marianne ont invité Peter et Katarina à dîner. Les petites filles servent à table. L'atmosphère est joyeuse. Johan fait une lecture à haute voix d'un magazine féminin.

JOHAN (lisant) : Marianne a les yeux bleus des héroïnes de nos légendes. Des yeux dont la lumière semble venir de l'intérieur. Lorsque je lui demande comment elle s'arrange pour à la fois tenir sa maison et exercer son métier, un mystérieux petit sourire se dessine sur ses lèvres comme si elle voulait garder un tendre secret et d'une façon légèrement évasive, elle me répond que ça va bien, qu'elle et Johan s'entraident. Il suffit pour cela de *s'entendre* dit-elle et soudain, son visage s'illumine, Johan vient d'apparaître, il s'assoit sur le magnifique sofa qui est un meuble de famille. Il passe un bras protecteur autour des épaules de Marianne qui se blottit contre lui avec un tendre sourire rassuré. Et c'est ainsi que je les quitte et je sens qu'ils se réjouissent en secret de mon départ. Ils vont enfin se retrouver seuls. Deux êtres jeunes, solides, épanouis envisageant la vie avec optimisme. Mais qui n'ont jamais oublié de faire de l'amour le centre de leur vie.

Johan a terminé sa lecture et des applaudissements spontanés éclatent. Puis on se réconforte en puisant dans les plats et en se reversant du vin.

MARIANNE : Après avoir lu ce chef-d'œuvre, on s'est sentis mourir de honte, on voulait tout changer, mais la rédaction nous a répondu que c'était malheureusement trop tard. Il y avait eu malentendu et l'article était déjà au marbre.

JOHAN : On a pensé sérieusement à faire interdire le journal. Mais nos mères et nos filles ont trouvé que c'était magnifique. On a donc renoncé. Ce qui m'a le plus vexé, c'est qu'on ne dit rien au sujet de mes yeux à moi. Katarina ! Regarde ! Ne vois-tu pas dans mes yeux un feu mystérieux ?

KATARINA : Je les trouve plutôt noirs comme une nuit noire. Très troublants, vraiment.

PETER : Katarina s'est prise ces derniers temps d'une violente affection pour toi.

KATARINA : Johan, ne veux-tu pas m'enlever ?

MARIANNE : Pour Johan un petit changement serait le bienvenu ! Treize années de vie conjugale, et pas un faux pas !

PETER : Tu en es tellement sûre ?

MARIANNE : Dès le début, j'ai décidé de croire tout ce qu'il me dirait. N'est-ce pas Johan ?

PETER : Katarina. Tu entends ?

KATARINA : J'entends, mais Johan ment certainement beaucoup mieux que toi, mon nigaud chéri.

JOHAN : Je n'ai malheureusement pas d'imagination.

PETER : C'est ça. Les gens qui n'ont pas d'imagination mentent bien mieux que ceux qui en ont trop.

KATARINA : Peter agrémente ses comptes rendus de beaucoup trop de détails. J'en suis parfois tout attendrie.

MARIANNE : A propos, j'ai lu l'article de Peter dans la *Revue technique*. Et même moi, j'ai compris de quoi il s'agissait.

PETER : C'est Katarina qui l'a écrit.

JOHAN : Tu es aussi intelligente, Katarina ?

PETER : Quand ils ont téléphoné, je me trouvais en Allemagne et Katarina s'est installée, elle a écrit l'article et elle me l'a lu au téléphone.

MARIANNE : Mais pourquoi est-ce toi qui l'as signé puisque c'est Katarina qui l'a écrit ?

KATARINA : Une exploitation parmi tant d'autres de la femme par l'homme. Tu sais tout de même bien que nous travaillons toujours ensemble.

JOHAN : Je vous envie.

PETER : Tu ne dirais pas ça si tu voyais comment ça marche entre nous. En ce moment, c'est franchement infernal. *Skål*, Katarina. Tu n'es pas fâchée, n'est-ce pas, que je dise ça devant Johan et Marianne ?

MARIANNE : Qu'y a-t-il Katarina ?

KATARINA : Rien. Absolument rien. Je trouve seulement que Peter se comporte parfois avec une grossièreté...

PETER : Grossièreté, c'est le mot. Je mets mon point d'honneur à être grossier. Et à avoir de l'imagination. Et d'une manière générale, je suis en plus un salaud, mais je n'y peux rien.

JOHAN : Soyons gentils, on est là pour passer une bonne soirée, on ne va pas commencer à s'appesantir sur tout ce qui ne tourne pas rond dans la vie.

PETER : Mais non, et n'oublions surtout pas — cf. l'article dont nous venons d'avoir lecture — que nous sommes ici dans une maison heureuse où il n'est pas permis de faire de sales petites taches avec nos vilaines émotions. *Skål,* Marianne, et quel merveilleux dîner. Il se peut que je n'envie pas ton bonheur domestique, mais on aimerait vraiment te chiper ton génie culinaire.

MARIANNE : Katarina se débrouille bien mieux que moi.

KATARINA : Le seul malheur c'est que Peter croit que je l'empoisonne.

PETER : C'est toujours entre nous un sujet de plaisanterie.

KATARINA : C'est ça, vous entendez bien, une plaisanterie.

JOHAN (pour détourner la conversation) : On passe au salon ? Le café nous attend et un petit gâteau pour le dessert.

MARIANNE : Non, laisse, Katarina. Les filles desserviront et feront la vaisselle. Je me suis assurée de leur bonne grâce. Elles aiment bien gagner un peu d'argent. Elles font en ce moment des économies en vue de leur voyage de cet été.

JOHAN : Un cigare, Peter ? J'en ai de très bons.

PETER : Merci. Je ne fume plus.

JOHAN : Vraiment ? Félicitations.

KATARINA : Et depuis il est tellement insupportable et nerveux que je le supplie de recommencer. Mais voilà, il ne fume plus. Rien que pour m'embêter. Quant à moi, je ne peux pas m'en passer. On n'y peut rien. Je serai ridée comme une vieille pomme et je mourrai d'un cancer, mais tant pis. Dis-moi Marianne, tu n'aurais pas un cachet d'aspirine ? J'ai traîné une de ces migraines toute la journée. Non, je viens avec toi. Comme ça nos hommes pourront se confesser en toute tranquillité leurs histoires honteuses.

Marianne et Katarina gagnent l'élégante salle de bains en marbre : robinets dorés, nombreuses glaces, double lavabo et tout le luxe imaginable. Katarina s'assied sur le rebord de la baignoire.

KATARINA : Je voulais juste m'éloigner un peu. Je sentais que j'étais partie pour me saouler, tu comprends. Et je pique alors de ces colères ! Pauvre Peter. Dans ces moments-là, on dirait un rat effarouché, il commence à parler comme le *Journal officiel* et il a son regard traqué.

MARIANNE : Si tu veux t'allonger un peu sur le lit.

KATARINA : Non, ce n'est pas la peine. Tout est si calme ici, quel silence. Tu es gentille, Marianne.

MARIANNE : On a l'impression que ces temps-ci, ça ne marche pas très fort entre vous.

KATARINA (rit) : Pas très fort ? Oui, plutôt !

MARIANNE : Pourquoi ne vous séparez-vous pas un peu ?

KATARINA : Ça sera tout le contraire, Marianne. Nous allons partir maintenant ensemble pour un long voyage d'affaires. Toute notre prospérité est fondée sur notre union. Nous avons tout en commun, tu comprends. Peter a mis tout à mon nom et notre usine en Italie dépend entièrement de ce que nous faisons ensemble. Et avec toutes ces nouvelles matières synthétiques qui sortent et qu'il faut expérimenter ! Je dois, moi, adapter mes couleurs et mes dessins, quant à Peter, pour tout ce qui est analyses, il a du génie. Si on se séparait, tout s'effondrerait. On n'en a tout simplement pas les moyens.

MARIANNE : Et ne pourriez-vous pas être associés dans votre travail et vivre chacun de votre côté ?

KATARINA : Si tu crois qu'on n'a pas essayé ! Tu le sais.

MARIANNE : Oui, c'est vrai.

KATARINA : Peter prétend qu'il est impuissant avec les autres femmes. J'ignore s'il ment, mais sur ce point, j'ai l'impression qu'il dit la vérité. Il devient comme fou si je me refuse à lui. Et l'étonnant, c'est qu'il est un amant tendre et plein de délicatesse. Ça ne me déplaît pas de faire l'amour avec lui. A la condition, bien sûr, d'en avoir un autre.

MARIANNE : Et maintenant, ce n'est pas le cas ?

KATARINA : Non. Jan a rompu.

MARIANNE : Ma pauvre Katarina.

KATARINA : Jan ne supportait pas de mener une double vie. Et *moi*, la seule chose qui me convienne c'est une double vie. Alors, maintenant, tu comprends, c'est l'enfer. J'éprouve soudain une telle haine à l'égard de Peter que je pourrais le torturer à mort. Parfois quand je ne peux pas dormir, je reste dans mon lit à imaginer les méthodes les plus extravagantes pour le faire souffrir. (Elle rit.)

MARIANNE : Et c'est sans issue ? Il n'y a pas de solutions ?

KATARINA : Je n'en vois pas.

MARIANNE : Tu as parlé avec Peter ?

KATARINA : Tu es vraiment attendrissante.

MARIANNE : Qu'est-ce qu'il dit ?

KATARINA : Il dit que je n'ai qu'à faire comme j'en ai envie, il s'en fout. Tout ce qui l'intéresse un peu, c'est de voir jusqu'où nous pourrons nous avilir ensemble. Il appelle ça notre processus de déshumanisation.

MARIANNE : Tu crois qu'il devrait voir un médecin ?

KATARINA : Il a été en analyse pendant un temps, mais il s'est lassé et il a décrété que le psychiatre était un crétin.

MARIANNE : Et tu ne peux pas partir ?

KATARINA : Un matin, je me réveille : plus personne dans le lit. Sais-tu où il était allé ?

MARIANNE : Non.

KATARINA : Il était installé dans la gouttière au huitième étage et il regardait en bas dans la rue. Quand je lui ai demandé de revenir, il m'a dit de ne pas m'inquiéter. J'ai répondu : Tu sais, pour moi, tu peux bien te suicider ! Et il m'a dit que je ne m'en tirerais pas à si bon compte.

MARIANNE : Mais autrefois, n'étiez-vous pas bien ensemble ?

KATARINA : Je vais t'avouer une chose qui m'étonne moi-même. Au milieu de tout ce fatras, j'éprouve pour lui une tendresse désespérée. Je comprends son angoisse, ce sentiment de vide qui est en lui et son ennui, sa panique. Et je crois étrangement qu'il connaît de moi quelque chose que personne d'autre que lui ne connaît. Il a l'habitude de dire, en plaisantant, que j'ai l'air d'être une femme mais qu'*en fait*, je suis un homme. (Elle rit.) Il a, si l'on veut, raison. On retourne au salon ? Je me sens mieux.

Elles vont s'asseoir auprès de Johan et de Peter qui se sont plongés dans une partie d'échecs, mais Johan s'est très vite fait battre et ils ne jouent plus. Johan sort différentes bouteilles. Marianne allume un feu de bois dans la cheminée.

PETER (ivre) : Au fond, c'est terriblement pathétique.

JOHAN : Qu'est-ce qui est pathétique ?

PETER : Votre couple. Johan et Marianne. Marianne et Johan. Comme c'est touchant ! on en pleurerait. La vérité, c'est qu'on a envie de le crever votre beau ballon. *Skål,* tous les deux.

KATARINA : Il y a treize ans que vous êtes mariés, n'est-ce pas ?

MARIANNE : Nous venons de fêter notre treizième anniversaire de mariage.

PETER : Et pas de cadavres dans la penderie ?

JOHAN (en riant) : On ne sait jamais.

KATARINA : Non, on ne sait jamais.

MARIANNE : Johan et moi, nous aimons tous les deux faire le ménage.

PETER : Voilà, Katarina. Nous avons tous les deux négligé de faire le ménage. Mais on va désormais y mettre bon ordre, n'est-ce pas Katarina ? Je téléphone dès la semaine prochaine à Marianne et je prends rendez-vous pour qu'elle s'occupe de notre divorce.

KATARINA (ivre) : Le malheur c'est que Peter aura eu le temps de se repentir avant d'avoir cuvé son vin. Car c'est là que la machine à calculer se met à crépiter. Elle dit : D'accord pour le divorce si Katarina renonce à l'argent qui est en Suisse. Et je réponds : C'est mon argent, c'est moi qui l'ai gagné et Peter dit que c'est lui qui l'a fait fructifier et que je peux garder toute cette connerie d'usine. Et je réponds : C'est bien gentil mais qu'est-ce que je foutrai d'une usine en Italie qui sera de moins en moins stable au fur et à mesure que les frais de gestion augmenteront. Et Peter dit : Tu n'as qu'à prendre toute cette merde qui est en Suède, l'appartement et la maison de vacances et la maison de week-end et les bateaux et les autos et les tableaux et les actions et les obligations. Et je réponds : Merci, c'est bien gentil de me laisser tout ce qui est soumis à l'impôt. Excusez-moi de gâcher cette agréable soirée avec des questions aussi triviales, mais lorsque Peter commence à dire que nous allons mettre bon ordre à tout ça, je sais exactement ce qu'il a pu boire et combien de temps il faudra attendre pour qu'il en arrive aux propos blessants.

PETER : C'est exactement ce que je me tue à dire.

Katarina est un homme d'affaires. Les deux mots étant également soulignés. Elle est, en plus, une artiste géniale. Elle a, en plus, un Q.I. de je sais pas combien. Elle est, en plus, bien roulée. Un caractère magnifique dans une enveloppe magnifique. Je ne comprendrai jamais comment on a pu me laisser pénétrer entre les cuisses de ce monstre de perfection. C'est un mystère.

KATARINA : Je crois, Peter, que nous allons appeler un taxi et rentrer à la maison. Cela ne doit pas être spécialement drôle pour Johan et Marianne d'assister à cette scène.

PETER (enjoué) : Johan et Marianne ont des rubans de soie rouge autour du ventre et un grand nœud dans le dos, exactement comme les petits cochons en massepain de notre enfance. C'est excellent pour leur moral de jeter un œil dans le cercle inférieur de l'enfer. Je me demande s'il existe quelque chose de pire qu'un mari et une femme qui se détestent. Qu'en pensez-vous ? Peut-être que les enfants martyrs, c'est pire. D'accord, et puis après ? Katarina et moi, nom d'un chien, nous sommes deux enfants. Il y a, au fond de Katarina, une petite fille qui pleure parce qu'elle est tombée et qui s'est fait mal et que personne n'est venu consoler. Et moi, je suis tapi dans l'autre coin, et je n'ai pas grandi non plus et je pleure parce que Katarina ne peut pas m'aimer même si je suis méchant.

KATARINA : Sur un point on doit s'estimer heureux. C'est qu'on est sûrs que rien ne peut être pire que ça. Voilà pourquoi je pense que nous sommes mûrs pour le divorce.

PETER : A condition que tu acceptes d'être raisonnable. Et que l'on signe tous les deux en même temps les papiers et en présence de témoins. Pour qu'il n'y en ait pas un qui puisse après coincer l'autre. On te téléphone la semaine prochaine.

MARIANNE : Je ferai de mon mieux. Nous avons au bureau un excellent avocat d'affaires. Borglund, si tu connais. Il pourra vous conseiller utilement pour vous mettre d'accord sur les questions matérielles.

PETER : Alors, Katarina, qu'est-ce que tu en dis ?

KATARINA : Même si nous nous mettons d'accord sur les questions matérielles, tu ne me lâcheras jamais. J'en suis sûre.

PETER : Ma chère Katarina, tu te crois indispensable. Qu'est-ce qui, tout à coup, te fait penser ça ? Ça m'intéresserait de le savoir. Peux-tu me le dire ?

KATARINA : En attendant, tu me forces à coucher avec toi, parce que soi-disant tu n'y arrives pas avec une autre.

PETER : Ton besoin d'avoir mauvaise conscience est sans limites et maintenant que c'est terminé avec Jan, te voilà légèrement paniquée, n'est-ce pas Katarina ? Pour s'occuper de toi avec toute la patience voulue, il ne te reste plus maintenant que le vieux Peter.

KATARINA : Parce que tu crois que tu es le seul ? Écoutez-moi ça. Tu crois que je n'ai personne d'autre ? Je vais te dire une chose Peter, excusez-moi si je suis un peu directe, mais Peter défie la vérité et il a besoin de quelques informations. Je vais te dire une chose Peter : physiquement, tu me dégoûtes. Tu me dégoûtes à un tel point que je suis prête à me *payer* une passe pour me rincer une bonne fois le sexe de tout ce que t'as pu y cracher dedans.

PETER (récite) : Un jour ainsi quitte le temps
De notre vie et s'évapore,
Mais une nuit revient encore
Où la paix du Seigneur s'étend.

KATARINA : Espèce de salaud...

PETER (récite) : Qui tu fus Seigneur, tu le restes,
Plein de grâces et nos jours, nos nuits,
Tu sais, toi, où tu les conduis
Consignés dans ta loi céleste.

Qu'est-ce que cela peut bien vouloir dire ?

Katarina a jeté son verre de cognac sur Peter. Peter éclate de rire et sort son mouchoir pour s'essuyer. Katarina est en larmes, elle quitte la pièce en courant. Marianne la suit. Johan ramasse les débris de verre.

PETER : J'espère que ça ne va pas tacher votre tapis. Je ne sais pas très bien ce qui se passe avec le cognac. Au cas où... tu m'enverras la facture. Veux-tu me verser un peu de café. Je me sens plutôt saoul. Mon bon Johan, tu nous excuses. Ce n'est pas dans nos habitudes de nous comporter ainsi. Mais il se trouve que vous êtes nos seuls amis. Excuse-moi. Excuse-nous. Demande un taxi que je reconduise ma bacchante à la maison et qu'on puisse terminer notre scène. Le final n'est généralement pas recommandé au public.

Le soir, plus tard. Les invités sont partis.

JOHAN : A quoi penses-tu ?

MARIANNE : A tout un tas de choses.

JOHAN : A quelque chose de spécial ?

MARIANNE : A Katarina et à Peter, évidemment.

JOHAN : Moi aussi.

MARIANNE : Tu crois vraiment que deux êtres puissent vivre ensemble toute leur vie ?

JOHAN : C'est une convention idiote qui nous vient de je ne sais où. On devrait signer des contrats de cinq ans. Ou établir un contrat renouvelable par accord tacite et qu'on pourrait dénoncer tous les ans.

MARIANNE : On le dénoncerait ?

JOHAN : Non, pas nous.

MARIANNE : Pourquoi pas nous ?

JOHAN : Parce que nous sommes, toi et moi, l'exception qui confirme la règle. On a tiré le gros lot. A la grande foire aux illusions.

MARIANNE : Alors, tu crois que nous allons vivre ensemble toute notre vie ?

JOHAN : Curieuse question.

MARIANNE : Tu ne regrettes jamais de ne coucher avec personne d'autre que moi ?

JOHAN : Et toi ?

MARIANNE : Ça m'arrive.

JOHAN (surpris) : Ça alors ?

MARIANNE : Mais ce ne sont que des regrets en l'air.

JOHAN : Je me demande s'il y a chez moi quelque chose qui ne tourne pas rond, puisque je n'ai jamais ce genre d'imagination. Je suis bien.

MARIANNE : Moi aussi. Mais maintenant, je sais.

JOHAN : Qu'est-ce que tu sais ?

MARIANNE : Je sais pourquoi Katarina et Peter vivent un enfer.

JOHAN : Ah bon.

MARIANNE : Ils ne parlent pas le même langage. Ils sont obligés de traduire dans une troisième langue plus claire pour comprendre ce qu'ils veulent dire.

JOHAN : Je crois que c'est plus simple que ça.

MARIANNE : Pense à nous. Nous parlons de tout et nous nous comprenons tout de suite. Nous parlons le même langage. C'est pour ça que nous sommes tellement bien ensemble.

JOHAN : Moi, je crois que c'est l'argent.

MARIANNE : S'ils avaient parlé le même langage et s'ils avaient, comme nous, eu confiance l'un dans l'autre, l'argent n'aurait pas fait problème.

JOHAN : Toi et tes langages !

MARIANNE : Je vois ça tout le temps dans mon travail. On dirait parfois que mari et femme ne se sont parlé que par communications interurbaines avec des téléphones détraqués. Parfois, on croirait entendre deux magnétophones programmés à l'avance. Et parfois, c'est le grand silence interplanétaire. Je ne sais pas ce qui est le plus affreux.

JOHAN : Je me demande tout de même...

MARIANNE : Tu compliques toujours tout.

JOHAN : Suppose que tous les deux on travaille à l'usine. Suppose que les enfants soient dans une garderie. Qu'on ait un travail par roulement ou quelque chose dans ce genre.

MARIANNE : C'est pareil.

JOHAN : Je ne crois pas.

MARIANNE : Si on parle le même langage on se comprend où que l'on se trouve.

JOHAN : Ça sent terriblement le romantisme tout ça.

MARIANNE : Tu crois vraiment que l'on serait moins bien ensemble si on menait une vie comme ça. Tu le penses sérieusement ?

JOHAN : Oui, je le pense. Sérieusement.

MARIANNE : Qu'on serait moins bien ensemble.

JOHAN : Oui, je le pense. En dehors de toute question de langage.

MARIANNE : Tu ne crois pas qu'avec la vie que nous menons, il y a tout de même un danger de devenir étrangers l'un à l'autre et de nous retrouver seuls ?

JOHAN : Absolument pas. Les gens qui ont un travail pénible et embêtant sont soumis à de bien plus grandes tensions. C'est évident, Marianne !

MARIANNE : Tu es plus bête que je le croyais. De plus, le romantique, c'est toi.

JOHAN : On verra bien.

MARIANNE (qui s'impatiente) : Quoi ? Qu'est-ce qu'on verra ?

JOHAN : Je n'en sais rien. Tu le sais toi ?

MARIANNE : Tu te moques de moi.

JOHAN : Oui, je me moque de toi. Tu n'as pas faim ?

MARIANNE : Si. Terriblement.

JOHAN : Qu'est-ce que tu dirais d'une bière et d'un sandwich au pâté et aux cornichons ?

MARIANNE : Ce serait extra.

MARIANNE : Johan. Viens sur le sofa. J'ai quelque chose à te dire. Non, ne prends pas cet air effrayé. Ce n'est pas dangereux.

JOHAN : Ce n'est guère rassurant.

MARIANNE : Tu ne veux pas un cognac ?

JOHAN : Et toi ?

MARIANNE : Oui. Tu prends aussi un verre pour moi.

JOHAN : Ça ne te dérange pas si je fume ?

MARIANNE : Non, maintenant, ça va mieux. Fume. Ça n'a pas d'importance. C'est même agréable.

JOHAN : Bon, alors voilà, je suis assis. *Skål !*

MARIANNE : *Skål.*

JOHAN : Et qu'avais-tu à me dire ?

MARIANNE : J'attends un enfant.

JOHAN : Il y a trois semaines, je te l'ai dit. Et tu as nié.

MARIANNE : Je ne voulais pas t'inquiéter.

JOHAN : Je ne suis pas inquiet le moins du monde.

MARIANNE : Qu'allons-nous faire ?

JOHAN : Tu veux dire que tu veux te faire avorter ?

MARIANNE : Je veux que nous en parlions tous les deux. Et nous ferons après ce que nous aurons décidé tous les deux.

JOHAN : Je pense que c'est à toi de décider.

MARIANNE : Pourquoi veux-tu que ce soit moi qui décide ?

JOHAN : Mais c'est évident. C'est toi qui auras tout le mal et toute la responsabilité. En retour, tu auras toute la joie et tout le plaisir.

MARIANNE : Tu veux dire que cela t'est indifférent que nous ayons ou non un enfant de plus ?

JOHAN : Indifférent, non pas vraiment.

MARIANNE : Je veux savoir ce que tu penses. Réponds-moi franchement.

JOHAN : Ce n'est pas si facile.

MARIANNE : C'est donc si difficile d'être franc ?

JOHAN : Tu es un peu trop exigeante, Marianne.

MARIANNE : Quel a été ton premier mouvement ?

JOHAN : Je ne suis pas ainsi fait que j'aie un premier mouvement. Je suis infirme de ce côté-là.

MARIANNE : Veux-tu, oui ou non, un autre enfant ?

JOHAN : Je n'ai, en tout cas, pas d'objection à faire. Ce pourrait même être plutôt agréable.

MARIANNE : Seulement, tu ne peux pas dire que tu es enthousiaste. Tu ne l'es pas. Réponds franchement.

JOHAN : Zut alors. Pourquoi faut-il que *moi* je sois tout le temps franc. Tu ne pourrais pas dire un peu ce que toi, tu veux. Ce serait bien plus simple.

MARIANNE : Il se trouve que maintenant je te pose une question.

JOHAN : Je me demande quand, nous l'avons distraitement fabriqué, ce sacré môme. Tu as tout le temps pris tes pilules. Ou non ?

MARIANNE : Je les ai oubliées pendant notre voyage.

JOHAN : Ah mince ! Et pourquoi ne m'as-tu rien dit ?

MARIANNE : J'ai pensé que ça n'avait pas d'importance.

JOHAN : Tu avais donc envie d'en avoir un autre.

MARIANNE : Je ne sais pas.

JOHAN : Ce n'est pas une réponse.

MARIANNE : J'ai pensé que si ça donnait un autre enfant, c'est que ça devait être comme ça.

JOHAN : Oh mon Dieu ! Mon Dieu ! Mon Dieu !

MARIANNE : Qu'est-ce qui te prend ?

JOHAN : Et toi qui prétends être une femme moderne, efficace, exerçant son métier, toi qui ne parles que de l'importance du planning familial. Mon Dieu !

MARIANNE : C'est plutôt irrationnel, je te l'accorde.

JOHAN : Bon, alors tu as pris ta décision. Et dans ce cas, il n'y a rien à faire. N'est-ce pas ?

MARIANNE : Je croyais que tu serais peut-être content.

JOHAN : Oui, je ne dis pas. Je suis assez content.

MARIANNE : J'en suis au troisième mois.

JOHAN : Tu n'as pas eu de malaises ?

MARIANNE : Non. Au contraire. Je ne me suis jamais mieux portée.

JOHAN : Nos mères, elles, vont être enthousiastes. Et nos filles ? Qu'est-ce que tu crois qu'elles vont dire ?

MARIANNE : Elles sont en ce moment d'une tolérance sans bornes. Alors, une bêtise de plus ou de moins, de notre part à nous, ça n'a pas d'importance. Elles nous pardonneront.

JOHAN : Eh oui. *Skål* Marianne, et que lui ou elle soit le ou la bienvenue. En fin de compte, ça ne sera pas si mal que ça. Et puis, tu es tellement mignonne quand tu as un gros ventre.

Un long silence. Puis Marianne se met à pleurer. Johan la regarde, stupéfait.

JOHAN : Qu'est-ce qui te prend *maintenant* ?

MARIANNE : Rien.

JOHAN : Mais si, il y a sûrement quelque chose.

MARIANNE : Rien du tout.

JOHAN : Mais que veux-tu à la fin ?

MARIANNE : Je ne sais pas.

JOHAN : Je crois plutôt, en fin de compte, qui ni toi ni moi ne voulons avoir un autre enfant.

MARIANNE : Tu crois ?

JOHAN : Je crois que nous pensons tous deux avec

effroi aux biberons, aux piaillements, aux couches à laver, à tous les soins à donner, aux réveils la nuit et à tout ce sacré cirque. Nous estimons que tout ça, c'est du passé.

MARIANNE : J'ai tellement mauvaise conscience.

JOHAN : Pourquoi ?

MARIANNE : J'ai mauvaise conscience parce que d'abord j'ai envie d'avoir un enfant et que je joue avec cette idée et que je m'en réjouis et après, lorsque c'est fait, je le regrette de toutes mes forces. Ce n'est pas raisonnable.

JOHAN : Pourquoi donnes-tu un tour moral à toutes ces choses ?

MARIANNE : C'est mon quatrième enfant, Johan. Il y en a un qui est mort, et l'autre, c'est moi qui le tue.

JOHAN : Mais bon sang, ce n'est pas possible de raisonner comme ça.

MARIANNE : Seulement, *moi,* c'est comme ça que je raisonne.

JOHAN : Il s'agit d'être pratique.

MARIANNE : Non, ce n'est pas de ça qu'il s'agit.

JOHAN : Alors, il s'agit de quoi ?

MARIANNE : Il s'agit d'amour.

JOHAN : Tu ne te montes pas un petit peu la tête, non ?

MARIANNE : Non.

JOHAN : Peux-tu alors m'expliquer ce que tu entends par là ?

MARIANNE : Non, je ne peux pas t'expliquer parce que c'est un sentiment. Comme si on ne se sentait plus exister. Toi non plus, tu n'existes plus. Ni les filles. Et il y a cet enfant qui vient. Et *lui,* il existe.

JOHAN : On peut voir aussi la chose en sens contraire.

MARIANNE : Et nous sommes là, au milieu de notre sale confort, de notre lâcheté, de notre inexistence et nous avons honte. Et nous n'avons plus de tendresse. Plus d'amour. Plus de joie. Nous pourrions parfaitement bien accueillir cet enfant. Et je crois que j'étais dans le vrai quand je me réjouissais en me l'imaginant. Je crois que mon sentiment était juste. Maintenant, je serais mûre pour avoir un enfant.

JOHAN : Je ne vois pas de quoi tu parles.

MARIANNE : Non.

JOHAN : Tu parles comme si tu t'étais déjà fait avorter.

MARIANNE : C'est tout comme.

JOHAN : On ne peut tout de même pas se condamner en fonction de ses pensées.

MARIANNE (crie) : C'est grave, Johan. *C'est décisif pour tout notre avenir.* Imagine que ce que nous sommes en train de faire soit irrévocable. Imagine que ce soit grave et que nous ne le sachions pas.

JOHAN : D'où te viennent ces exigences ridicules et fantomatiques ? C'est de la superstition.

MARIANNE : Tu ne comprends pas.

JOHAN : Mais non, je ne comprends pas un traître mot à tout ce que tu m'as raconté jusqu'à maintenant.

MARIANNE : C'est pourtant simple, nous essayons de nous défiler.

JOHAN : Nous essayons de ne pas prendre de décisions dramatiques si c'est ce que tu veux dire. Et je trouve que c'est sain. (Il jette un regard triste sur Marianne.)

MARIANNE : Tu n'as pas l'air gai non plus.

JOHAN : Toute cette histoire me rend malade.

MARIANNE : Johan.

JOHAN : Oui.

MARIANNE : Ne pourrions-nous pas accepter cet enfant et nous en réjouir ? Nous laisser aller et le dorloter comme nous nous sommes laissés aller quand nous l'avons fait ?

JOHAN : Je t'ai déjà dit que je trouvais que ce serait agréable. Inutile de radoter. C'est toi qui as tout compliqué. Pas moi.

MARIANNE : Alors, on se décide ?

JOHAN : Excuse-moi, mais que décide-t-on ?

MARIANNE : On décide d'avoir un autre enfant.

JOHAN : Soit.

MARIANNE : Je me sens plutôt soulagée.

JOHAN (gentiment) : Il n'y a rien d'extraordinaire de tout à la fois vouloir une chose et ne pas la vouloir.

MARIANNE : Je suppose que non.

JOHAN : C'est même plutôt la règle.

MARIANNE : Pour finir, il ne s'agissait pas de l'enfant.

JOHAN : Je suppose que non.

MARIANNE : Mais de toi et de moi.

JOHAN : Tu ne vas pas te remettre à pleurer ?

MARIANNE : Si, je ne sais pas ce que j'ai.

JOHAN : A mon avis, tu as besoin d'un cognac.

MARIANNE : Oui, je pense que ça me fera du bien.

Quelque temps plus tard. Marianne est couchée, Johan entre, il s'assied à son chevet. Il lui prend la main.

JOHAN : Comment te sens-tu ?

MARIANNE : Ça va.

JOHAN : Pénible ?

MARIANNE : Pas spécialement.

JOHAN : Le docteur a dit que tu pourras rentrer demain ou au plus tard après-demain.

MARIANNE : Je vais en profiter pour dormir.

JOHAN : J'ai pensé que dès que tu te sentiras mieux on ira tous les deux passer une semaine à la campagne. Je pense pouvoir me libérer à partir du 10. J'ai téléphoné à ta mère, je lui ai demandé si elle pourrait s'occuper des filles et elle a été ravie. Il n'y a donc pas d'empêchement.

MARIANNE : Ce serait bien, évidemment.

JOHAN : J'ai dîné hier avec Göran et Sven. Ils pensent qu'entre tous les endroits possibles, Sture va être nommé ambassadeur à Pretoria. Je me demande ce qu'Aina va penser de cette nomination. Ça va donner un sacré coup à son orgueil. Dire qu'elle ne pourra plus prendre le thé tous les vendredis avec la princesse Sibylla. Elle n'y survivra pas.

MARIANNE : Quand est-ce que ça se décide ?

JOHAN : D'un moment à l'autre.

MARIANNE : Tu as téléphoné aux Egerman à Högsätra pour leur dire qu'on ne viendrait pas à leur dîner ?

JOHAN : Non, j'ai oublié. Je vais le faire tout de suite.

MARIANNE : Qu'as-tu dit à nos parents ?

JOHAN : J'ai dit que tu étais entrée à l'hôpital pour une petite intervention et que ça avait été un peu précipité parce que le docteur devait partir pour l'étranger.

MARIANNE : Et maman ?

JOHAN : Elle débordait de compassion, elle sera là d'une minute à l'autre.

MARIANNE : Eh bien !

JOHAN : Veux-tu que je lui téléphone pour lui demander de remettre un peu sa visite ? Je peux dire que tu dors.

MARIANNE : Non, non, ça n'arrangerait rien.

JOHAN : Tu souffres ?

MARIANNE : Un petit peu seulement.

JOHAN : Je voulais te parler de la maison de campagne. Tu n'es pas trop fatiguée ? Ou bien veux-tu...

MARIANNE : Mais non, je ne suis pas trop fatiguée.

JOHAN : On pourrait faire une véranda. Tu sais, une de ces vérandas rustiques, peinte en bleu.

MARIANNE : Et ne faudrait-il pas aussi faire repeindre la maison ?

JOHAN : Si, j'y ai pensé. Et il faudra un jour aussi faire refaire le toit. Il n'en a plus pour longtemps.

MARIANNE : On a l'argent ?

JOHAN : Je ne pense pas que ça coûte très cher.

MARIANNE : Alors, parles-en à Gustav.

JOHAN : Je lui en parlerai. (Un silence.)

MARIANNE : Johan.

JOHAN : Oui, mon amour.

MARIANNE : Prends-moi la main.

JOHAN : Comme ça, c'est bien ?

MARIANNE : Oui.

JOHAN : Bien.

MARIANNE (à voix basse) : Johan.

JOHAN : Oui.

MARIANNE : Je m'en veux tellement.

Johan ne répond pas, il lui tient la main.

MARIANNE : Ce n'est pas raisonnable.

JOHAN : Ça ira mieux demain.

MARIANNE : *Qu'est-ce que j'ai fait?*

JOHAN : N'y pense pas.

MARIANNE : Non.

JOHAN : Dans quelques semaines, tu auras tout oublié.

MARIANNE : Tu crois?

JOHAN : J'en suis persuadé.

MARIANNE : Johan.

JOHAN : Oui.

MARIANNE : Je ne vois pas comment je vais surmonter ça.

JOHAN : Tu ne veux pas essayer de dormir un peu?

MARIANNE : Si.

JOHAN : De toute façon, je dois m'en aller. Prends bien soin de toi.

MARIANNE : Au revoir. Embrasse les enfants pour moi.

JOHAN : Dors bien. Si ta mère vient, je vais dire à l'infirmière que tu dors.

MARIANNE : Oui. C'est peut-être aussi bien. Tu pourrais essayer de lui téléphoner. Pour qu'elle ne vienne pas pour rien.

JOHAN : C'est ça.

MARIANNE : Tu es gentil.

JOHAN : Je suis content que tu le penses.

MARIANNE : A la campagne, on sera bien.

JOHAN : On mangera, on dormira. On regardera la télé. Et on ne pensera plus à rien.

MARIANNE : Et nous nous serrerons très fort.

JOHAN : Dors bien.
MARIANNE : N'oublie pas de téléphoner aux Egerman.
JOHAN : Non, je n'oublierai pas.

Marianne reste seule. Elle ferme les yeux mais le sommeil ne vient pas. Elle regarde le plafond. Des larmes commencent à couler. Elle soupire à plusieurs reprises.

2

La politique de l'autruche

MARIANNE : Bonjour.

JOHAN : Bonjour, bonjour.

MARIANNE : Tu as bien dormi ?

JOHAN : Comme une souche. Et toi ?

MARIANNE : Comme ci, comme ça. Je me suis réveillée à cinq heures et je n'ai pas pu me rendormir.

JOHAN : Pourquoi ?

MARIANNE : Je m'énervais toute seule dans le lit.

JOHAN : Est-ce que je dois avoir ça sur la conscience ?

MARIANNE : Pour une fois, mon chéri, tu n'y es pour rien. Je m'énervais en pensant comme ce dîner tous les dimanches chez nos parents est enquiquinant.

JOHAN : Mais tu sais bien que nous avons toujours dîné tous les dimanches chez nos parents. Soit les tiens, soit les miens.

MARIANNE : C'est aberrant.

JOHAN : Nous le faisons pour leur faire plaisir.

MARIANNE : N'empêche que je vais aller maintenant leur téléphoner que nous ne viendrons pas.

JOHAN : Leur téléphoner que nous ne viendrons pas ? Et qu'est-ce que tu crois que ta mère va dire ?

MARIANNE : Elle dira ce qu'elle voudra. Et nous aurons toi et moi un beau dimanche pour nous tout seuls avec les enfants.

JOHAN : Si tu arrives à *ça* !

MARIANNE : Je sens que ma colère monte de plus en plus.

JOHAN : Tu vas avoir tes règles ?

MARIANNE : Toi alors, tu crois toujours que c'est une affaire de règles !

JOHAN : Alors, il ne s'agit pas de ça ?

MARIANNE : Il se peut que j'aie mes règles lundi. Mais ce n'est pas parce que je me mets en colère d'une façon tout à fait justifiée qu'il faut croire que...

JOHAN : Mais voyons Marianne, qu'est-ce qu'il y a ?

MARIANNE : Réfléchis toi-même. Chaque jour, chaque heure, chaque minute de notre vie est quadrillé. Et dans chaque petit carré, il est inscrit ce que nous devons faire. Les carrés se remplissent au fur et à mesure et bien longtemps à l'avance. Et qu'il y ait soudain un carré sans rien de prévu, nous voilà pris de panique et nous nous dépêchons de le remplir avec toutes sortes de pattes de mouches.

JOHAN : Nous avons tout de même les vacances.

MARIANNE : Johan ! tu n'y es pas du tout. Pendant les vacances notre vie est plus quadrillée que jamais. D'ailleurs, tout ça, c'est la faute de maman. Et ta mère y a mis aussi son grain de sel.

JOHAN : Et qu'est-ce donc que ces gentilles vieilles dames ont fait de si mal ?

MARIANNE : Tu n'y comprends rien, ce n'est même pas la peine d'en parler.

JOHAN : Tu ne réveilles pas les filles ?

MARIANNE : Non, elles peuvent dormir. Karin n'a pas classe aujourd'hui et hier, Eva avait un peu mal à la gorge, j'ai donc pensé qu'elle resterait à la maison. (En colère.) Pour qu'elle puisse être en forme pour le dîner de dimanche. Parce que si nous n'y allons pas, ce sera des questions et des commentaires à n'en plus finir. Tu es d'accord ?

JOHAN : Tu viens de dire que tu allais téléphoner que nous n'irions pas.

MARIANNE : Dans mon idée, c'était toi qui allais le faire.

JOHAN : Moi ! Non merci, c'est vraiment trop aimable. Aucune envie de perdre les pédales dans mes explications avec ta mère. Débrouille-toi.

MARIANNE : J'ai ensuite l'intention de téléphoner à ta sœur pour lui dire que je n'ai pas envie d'aller avec elle, vendredi, à la présentation de haute couture. Après, j'ai l'intention de téléphoner pour prévenir que nous n'irons pas, vendredi encore, au dîner des Bergman. Ils seront terriblement vexés, mais je m'en fiche. Après, tu vas décommander ton cocktail à l'ambassade du Pérou. Et moi, je n'irai pas à la leçon de français de ta mère et ce soir, je n'irai pas non plus au théâtre. Et toi, tu vas te libérer pour la semaine prochaine et nous partirons tous les deux en voyage. (Les yeux pleins de larmes.) Seigneur que c'est bête. Ce n'est pas une façon de résoudre les problèmes.

JOHAN : Mais que voudrais-tu ?

MARIANNE (secoue la tête) : Je ne sais pas comment dire. Nous avons tous les deux notre travail. Il ne s'agit pas de ça. On voit tout le temps du monde.

Ce n'est pas mal non plus. Nous sommes avec les enfants aussi souvent que possible. Là aussi, tout va bien. Nous ne nous disputons pratiquement jamais et si ça arrive nous sommes prêts à entendre raison et à nous écouter. On arrive toujours à un compromis valable. C'est parfait.

JOHAN : Cela paraît idéal.

MARIANNE : Et malgré tout ça m'angoisse.

JOHAN (souriant) : Et tout ça, c'est la faute à nos mamans.

MARIANNE : Je le crois, oui, mais je ne pourrais pas dire comment.

JOHAN : Alors, il ne nous reste plus qu'à souhaiter que ces braves dames claquent le plus rapidement possible.

MARIANNE (sérieusement) : Il y a longtemps que quelqu'un aurait dû les tuer.

JOHAN : D'ailleurs, n'est-il pas dit dans la Bible...

MARIANNE (distraitement) : Quoi ? Qu'est-ce qu'il est dit dans la Bible ?

JOHAN : Oui, n'est-il pas écrit quelque part : Abandonne ton père et ta mère afin que tes jours se prolongent dans le pays que l'Éternel, ton Dieu, te donne. Alors, tu lui téléphones à ta mère ? Tu sais comme elle est matinale.

MARIANNE : Mais n'avions-nous pas convenu que ce serait toi qui téléphonerais ?

JOHAN : Non, ma chérie. Maintenant, tu lui téléphones. Je te prendrai la main et te soutiendrai moralement.

MARIANNE : Puisque c'est comme ça, je vais téléphoner. Sens comme mon cœur tape. Mais il faut bien faire un jour le premier pas.

JOHAN : Voici les premières et tendres pousses de la grande révolution. Ça ne répond pas ? Ouf !

MARIANNE : Allô, mademoiselle Alm, bonjour. Maman est là ? Ah oui, c'est bien. Je peux lui parler ? A propos comment va votre genou ? Ça ne s'arrange pas ? C'est encore pire ? C'est désolant. Qu'en dit le docteur ? Ah oui, il ne veut pas vous écouter. Non, ils sont tous comme ça maintenant. (Changeant de ton.) Bonjour, maman. Comment ça va ? Mais c'est bien ça. Papa est déjà parti ? Ah oui, il devait aller à la campagne. Et tu le laisses partir comme ça tout seul. Ah bon, Erik est avec lui. Très bien. Écoute maman, il faut malheureusement que je te dise... (Un long silence, la mère parle.) Justement. Comment as-tu pu le deviner. Pourquoi ? Je veux rester avec Johan et les enfants tout un dimanche. Non, nous ne voulons aller nulle part. Non, nous ne voulons pas venir dîner. (La mère parle.) Je ne crois pas du tout que papa se soit réjoui à l'idée de ce repas de dimanche. (La mère parle.) Mais maman, ça doit être un plaisir, pas un devoir. (La mère parle.) Moyennement ravie, à vrai dire. Non, non, oublie tout ça, maman. Non, non. (La mère parle.) Mais si, nous viendrons comme convenu. Mais si, mais si, tout ira très bien. Parfait. Merci. Johan t'embrasse. Au revoir, maman. (Elle raccroche.)

JOHAN : Et voilà comment la révolution fut étouffée dans l'œuf.

MARIANNE : Tante Elsa sera là pour ce dîner. Elle

n'est pas venue en ville depuis six mois. Elle s'était particulièrement réjouie de nous voir. Elle a même apporté un cadeau pour toi. (Avec colère.) Merde !

JOHAN : Et ta mère avait aussi demandé à Mme Danielson de venir préparer le repas et papa qui se réjouissait tant à l'idée de nous voir.

MARIANNE : Merde !

JOHAN : Bravo tout de même, tu es courageuse. (Il l'embrasse.) Nous nous décommanderons une autre fois. Ne sois pas triste.

MARIANNE : Tu rentres pour dîner ?

JOHAN : Il vaut mieux qu'on se retrouve au théâtre. Disons à sept heures vingt, devant le guichet de droite. J'arriverai à temps pour retirer les billets.

MARIANNE : C'est tout de même bizarre.

JOHAN : Qu'est-ce qui est bizarre ?

MARIANNE : Ça ne te plaît pas de rentrer ?

JOHAN (gentiment) : Est-ce que tout vraiment est si compliqué aujourd'hui ?

MARIANNE : Je voudrais qu'on se cache dans un lit et qu'on ne fasse que se serrer très fort l'un contre l'autre et qu'on ne bouge pas de là de toute une semaine. Et puis, on pleurerait aussi tous les deux.

JOHAN : Je ne crois pas que ce soit la vie que nous ayons choisie.

MARIANNE : Si j'étais seulement certaine que ce soit nous qui avons choisi et pas nos mères.

JOHAN : Tu as la manie de la persécution maternelle.

MARIANNE : Tu voulais *vraiment* que ta vie soit comme ça ?

JOHAN : La vie a la valeur qu'on lui accorde, ni plus,

ni moins. Je refuse de vivre selon le point de vue de l'éternité.

MARIANNE : Imagine que tu me trompes et que moi je te trompe.

JOHAN (gêné) : Voyons, Marianne.

MARIANNE : Je ne veux pas dire une fois en passant. Mais constamment. Je veux dire que nous tombions sérieusement amoureux de quelqu'un d'autre. Que dirais-tu ?

JOHAN : Je te tuerais, cela va de soi.

MARIANNE (soupire) : Je voudrais parfois...

JOHAN : Que voudrais-tu ?

MARIANNE : Rien. (Elle l'embrasse.) Bonjour mon chéri !

JOHAN : Bonjour. (Il l'embrasse.)

MARIANNE : Johan, tu attends un tout petit moment. Et je viens avec toi.

JOHAN : Ne vaut-il pas mieux que tu prennes ta voiture ?

MARIANNE : Non, je resterai en ville, moi aussi. Et comme ça nous reviendrons ensemble du théâtre. C'est beaucoup mieux.

JOHAN : Mais les filles ?

MARIANNE : Mme Andersson vient faire le ménage aujourd'hui. Je vais lui téléphoner pour qu'elle prépare quelque chose pour les enfants. Elle fait de merveilleuses crêpes. Attends, je vais juste les réveiller.

JOHAN : Mais je suis pressé.

MARIANNE : J'en ai pour une minute.

Marianne va très vite dans la chambre des enfants, on l'entend houspiller deux princesses endormies. Johan décroche le téléphone, mais il se ravise et repose le combiné. Marianne revient au même moment. Elle a pris sa serviette et Johan l'aide à passer son manteau. Puis ils partent. Il pleut.

JOHAN : Je mangerai une saucisse en allant au théâtre.

MARIANNE : N'oublie pas le dentiste à trois heures. La dernière fois...

JOHAN : Je sais, la dernière fois, je l'ai oublié, tu me l'as déjà dit quatre fois. Je dois par ailleurs donner la voiture au garage. Il y a un feu arrière qui ne marche pas.

MARIANNE : Comme c'est bien d'aller avec toi. On devrait faire ça plus souvent. Ça t'a contrarié que je te demande de t'accompagner ?

JOHAN : Je n'aime pas les improvisations, tu le sais bien.

MARIANNE : Et moi, c'est tout le contraire. Tu vois, il y a des moments où je crois que j'aimerais prendre chaque jour comme il vient. Manger quand j'ai faim, dormir quand j'ai sommeil, faire l'amour quand je suis amoureuse. Travailler aussi un peu, peut-être, quand j'en aurais envie. Je suis prise parfois d'une irrésistible envie de me laisser tout simplement flotter et peut-être même couler.

JOHAN : Qui n'a pas cette envie ?

MARIANNE : *Toi*. Tu n'as pas cette envie.

JOHAN (dur soudain) : Qu'est-ce que tu en sais ?

MARIANNE (souriant) : Non, mon amour, je crois te connaître assez bien maintenant. Tu t'es beaucoup trop bien adapté à cette vie pour avoir de pareilles idées. Tu veux que tout soit en ordre.

JOHAN : Toi aussi.

MARIANNE : Je n'en sais rien. Tu crois ?

JOHAN : Tu es incroyablement pédante.

MARIANNE : C'est vrai.

JOHAN : Tu détestes le désordre au moral comme au physique.

MARIANNE : Tiens, tiens.

JOHAN : C'est sûr.

MARIANNE : Je n'en suis pas aussi sûre que toi.

JOHAN : De quoi ?

MARIANNE : De ce que je sais.

JOHAN : Et pendant que j'y pense, Marianne, sois gentille, paie tes contraventions. Tu en as tout un paquet dans ta voiture. Ça ne rime à rien.

MARIANNE : A vos ordres, monsieur le Professeur. Qu'est-ce qu'il tombe ! J'aurais dû prendre un parapluie. Et je n'ai pas non plus de souliers comme il faut.

JOHAN : Nous voilà tout de même arrivés.

Le cabinet d'avocats est situé dans une petite rue paisible. Marianne pose un baiser sur la joue de son mari et sort de la voiture. Johan fait un signe de la main dans sa direction et démarre. Il pleut très fort. Marianne se dépêche d'entrer. Elle monte les escaliers de la digne et vieille maison, aux mains courantes polies, aux fenêtres en mosaïques de couleurs et aux murs recouverts de marbre. Elle salue en vitesse la secrétaire et la première cliente qui attend déjà. Dans son bureau, elle change de chaussures, accroche la veste de son tailleur dans un placard et passe un tricot confortable. Elle fait entrer la cliente.

MARIANNE : Entrez, madame Jacobi. Asseyez-vous. Au cours de ce premier entretien nous allons essayer de cerner le problème. Ensuite, nous verrons comment nous pourrons le résoudre.

Mme JACOBI : Je veux divorcer.

MARIANNE : Vous êtes mariée depuis combien de temps ?

Mme JACOBI : Vingt ans.

MARIANNE : Exercez-vous un travail à l'extérieur ?

Mme JACOBI : J'ai toujours été ce qu'on appelle une « femme au foyer ».

MARIANNE : Vous avez combien d'enfants ?

Mme JACOBI : Trois. Ils sont maintenant grands. Le dernier fait son service militaire. L'aînée est mariée et la deuxième qui fait ses études n'habite plus à la maison.

MARIANNE : Vous êtes donc seule.

Mme JACOBI : Non, j'ai mon mari.

MARIANNE (sourit) : Évidemment. Il reste toujours à la maison ?

Mme JACOBI : Non, il est dans l'enseignement.

MARIANNE : Pourquoi voulez-vous divorcer ?

Mme JACOBI : Il n'y a pas d'amour entre nous.

MARIANNE : C'est *ça* votre motif ?

Mme JACOBI : Oui.

MARIANNE (avec ménagement) : Mais il y a longtemps que vous êtes mariés. Est-ce que cela a toujours été pareil ou...

Mme JACOBI : Toujours pareil.

MARIANNE : Et maintenant que vos enfants ont leur vie à eux, vous voudriez partir. C'est cela ?

Mme JACOBI : Mon mari est quelqu'un de très bien. Je n'ai aucun reproche à lui faire. Il est gentil, rangé. Il a été un excellent père. Nous ne nous sommes jamais disputés. Nous avons un appartement qui est bien et une bonne vieille maison de campagne qui nous vient de la mère de mon mari. Nous aimons tous les deux la musique de chambre, et nous nous sommes inscrits à un groupe de musique de chambre. Nous faisons donc de la musique.

MARIANNE : Mais tout ça paraît très bien.

Mme JACOBI : Très bien, oui. Mais il n'y a pas d'amour entre nous. Il n'y en a jamais eu.

MARIANNE : Excusez ma question, mais auriez-vous rencontré quelqu'un d'autre ?

Mme JACOBI : Non.

MARIANNE : Et votre mari ?

Mme JACOBI : A ma connaissance, il ne m'a jamais trompée.

MARIANNE : N'allez-vous pas vous sentir un peu seule ?

Mme JACOBI : Je pense que si. Mais je préfère cette solitude à un mariage sans amour.

MARIANNE : Excusez-moi, mais comment se manifeste ce manque d'amour ?

Mme JACOBI : Il ne se manifeste pas du tout.

MARIANNE : Je ne vous suis pas.

Mme JACOBI : Non, c'est difficile à expliquer.

MARIANNE : Avez-vous dit à votre mari que vous vouliez divorcer ?

MME JACOBI : Oui, bien sûr. Il y a déjà quinze ans, je lui ai dit que je ne voulais plus vivre avec lui, puisqu'il n'y avait pas d'amour entre nous. Il a très bien compris. Il m'a demandé d'attendre que les enfants soient grands pour divorcer. Maintenant, ils sont grands tous les trois et ils ne sont plus à la maison. Je peux donc enfin divorcer.

MARIANNE : Et qu'en dit votre mari ?

MME JACOBI : Il m'a demandé de réfléchir. Il m'a demandé cent fois ce qui n'allait pas entre nous puisque je voulais divorcer. Je lui ai répondu que c'était parce qu'il n'était pas possible de continuer une liaison quand il n'y avait pas d'amour. Alors, il m'a demandé en quoi devait consister cet amour. Et je lui ai répondu cent fois que je n'en savais rien puisqu'il n'était pas possible de décrire une chose qui n'existe pas.

MARIANNE : Et quels ont été vos rapports avec vos enfants ? Sur le plan affectif, j'entends.

MME JACOBI : Je n'ai jamais aimé mes enfants. J'en suis certaine. Mais j'ai été quand même une assez bonne mère. Je faisais de mon mieux même si au fond de moi, je n'éprouvais rien pour eux. (Elle sourit.) Je devine presque, Maître, ce que vous pensez en ce moment.

MARIANNE (prise sur le fait) : Vraiment ? Vous pouvez donc lire les pensées des gens.

MME JACOBI : Je crois que vous vous êtes dit : Cette Mme Jacobi est une femme gâtée et qui manque d'humour. Elle a tout ce qu'on peut souhaiter avoir et elle n'arrête pas de réclamer quelque chose de vague et de lointain qu'elle appelle l'amour. La camaraderie, la loyauté, la tendresse, l'amitié, le bien-être, la sécurité, pourtant cela existe aussi.

MARIANNE : Il se peut que j'aie pensé quelque chose comme ça.

Mme JACOBI : Je vais vous dire une chose : j'ai une certaine idée de moi, mais elle ne correspond en rien avec la réalité.

MARIANNE : Pardonnez-moi, madame, si je vous pose une question d'ordre personnel. Est-ce que l'amour n'est pas...

Mme JACOBI : Que voulez-vous dire ?

MARIANNE : Je ne le sais pas.

Mme JACOBI : Je m'imagine avoir en moi des possibilités d'amour, mais elles demeurent enfermées dans une chambre close. Le malheur, c'est que la vie que j'ai menée jusqu'à présent n'a fait que bloquer de plus en plus ces possibilités. Ça ne peut pas durer. Donc, mon premier pas sera que je demande le divorce. Je crois que mon mari et moi, nous nous paralysons — mortellement.

MARIANNE : Mais c'est affreux.

Mme JACOBI : C'est affreux. Il se passe en effet quelque chose de bizarre. Mes sens, je veux parler du toucher, de la vue, de l'ouïe commencent à me trahir. Par exemple je peux dire que cette table est une table. Je peux la voir, je peux la toucher. Mais la sensation que j'en ai demeure mesquine et sèche, vous me comprenez.

MARIANNE (soudain) : Je crois que je comprends.

Mme JACOBI : Et c'est pour tout pareil. La musique, les

parfums, les visages des gens, leurs voix. Tout devient plus pauvre, plus terne, sans dignité.

MARIANNE : Et croyez-vous que vous allez maintenant rencontrer quelqu'un d'autre ?

Mme JACOBI (sourit) : Non, absolument pas. Je ne me fais aucune illusion.

MARIANNE : Et votre mari ? Arrivez-vous à lui faire admettre votre départ ?

Mme JACOBI : Ça le rend amer, haineux. Il dit que je suis une vieille folle avec des idées romanesques et que c'est la ménopause qui me travaille.

MARIANNE : Il serait préférable que vous parveniez à obtenir le consentement de votre mari pour ce divorce.

Mme JACOBI : Il dit que s'il refuse c'est pour mon bien. Que je le regretterai.

MARIANNE : Et vous êtes fermement décidée ?

Mme JACOBI : Je n'ai pas le choix. Vous comprenez ce que je veux dire.

MARIANNE (évasivement) : Je crois, oui.

Marianne se souvient brusquement de quelque chose et elle demande à Mme Jacobi de l'excuser un instant. Puis elle va dans la pièce à côté et elle décroche le téléphone de la secrétaire. C'est Johan qui répond.

MARIANNE : Excuse-moi de te déranger.

JOHAN : Je t'en prie.

MARIANNE : Ne pourrions-nous pas déjeuner ensemble ?

JOHAN : Mais oui, bien sûr. Seulement, tu sais, je ne

mange qu'un sandwich et un yaourt vers midi et demi.

MARIANNE : Où déjeunes-tu déjà d'habitude ? Au Grill-bar, c'est ça ? On se retrouve là, tout de suite après midi et demi. A tout à l'heure !

Johan dans son laboratoire. Perché sur une petite échelle métallique, il est en train de photographier des valeurs inscrites sur de petits cartons blancs. Le téléphone sonne. Johan descend à contrecœur, et tout en jurant, il répond.

JOHAN : Allô. Oui, c'est moi. Ah, bonjour maman. Je n'ai pas tout de suite compris que c'était toi. Il y a des grésillements dans le téléphone. Oui, merci, je vais bien. Et toi ? Tu es inquiète. Qu'est-ce que ça veut dire ? La maman de Marianne t'a téléphoné ? Mais pourquoi donc ? Elle s'inquiète aussi ? Seigneur ! Non, non, non. Je t'assure. Tout va très bien entre Marianne et moi. On est en bonne forme, pleins d'allant et parfaitement heureux tous les deux. Il ne s'est absolument rien passé. Je te le jure. Je t'en prie maman, ne t'inquiète pas. Ton intuition ? En ce moment, elle te joue des tours, je t'assure. Tout va très bien entre Marianne et moi. Je pense que tu devrais appeler la mère de Marianne pour lui dire de faire quelque chose plutôt que de papoter avec toi au téléphone. Je suis un peu bousculé, maman. Oui, on va se voir. Nous viendrons comme promis. Dis bien des choses à papa. (Il raccroche.) Ouf ! Quelle merde !

Il remonte sur son échelle et se remet au travail. On frappe à la porte.

JOHAN : Entrez.
EVA : Salut.
JOHAN : Salut.
EVA : Je te dérange ?
JOHAN : Oui merci.
EVA : Je voulais seulement jeter un coup d'œil à ce que tu es en train de faire. Il court les bruits les plus extraordinaires au sujet de tes occupations. (Elle regarde autour d'elle.) Qu'est-ce que ça va devenir ? Je dois dire que ça paraît bien mystérieux.
JOHAN : Je te croyais partie à Lund.
EVA : Oui. Mais comme les étudiants s'agitent pour je ne sais quel bon motif, les cours n'ont pas lieu.
JOHAN : Tant mieux pour toi.
EVA : Alors, me voilà. Qu'est-ce que tu fabriques ? Raconte.
JOHAN : Tu n'as qu'à regarder.
EVA : Que faut-il faire ?
JOHAN : Tu prends ce crayon dans ta main droite. Quand j'aurai éteint la lumière, tu verras un point fixe très brillant sur le mur devant toi. Essaie de l'atteindre avec la pointe du crayon. Si tu n'y arrives pas, avance dans sa direction en tirant un trait. Cette caméra de télévision enregistre tes tentatives sur un moniteur. Essaie.

Ils font l'expérience. A la fin, Eva s'énerve parce qu'elle n'y arrive pas.

EVA : Non, maintenant, j'ai compris. Tu rallumes, s'il te plaît.

JOHAN (éclairant) : Comme tu t'es énervée !

EVA : Oui, c'était plutôt énervant.

JOHAN : Justement. A la fin, on s'énerve. Curieux, n'est-ce pas ? Regarde les cercles que tu as tracés au fur et à mesure que tu t'énervais.

EVA : Oui. Et qu'est-ce que cela nous apprend ?

JOHAN : On verra. Je n'en suis encore qu'au début.

EVA : Bon. Et si tu m'offrais une cigarette ?

JOHAN : Assieds-toi.

EVA : Ça fait six jours que je me retiens de fumer. C'est insupportable.

JOHAN : L'abstinence te pèse ?

EVA : Stephan est parti et mes amis m'évitent. Je vais sans doute me remettre à fumer, mais j'essaie de tenir encore un peu.

JOHAN : Tiens, prends une cigarette. Broméus a oublié son paquet hier, quand il est venu m'espionner. Voilà.

EVA (soupire ; elle allume sa cigarette et reste assise à se délecter de la fumée) : C'est bon. Mon Dieu, que c'est bon. Maintenant, ça va.

JOHAN : Et après tu auras mauvaise conscience et ce sera également bon. De nos jours, il ne faut négliger aucune occasion de volupté. (Il sourit.) Et alors ?

EVA : En fait, je suis venue pour ça.

JOHAN : C'est gentil de ta part.

EVA : Hier, j'ai lu ton recueil de poèmes. Je l'ai lu très soigneusement, deux fois.

JOHAN : Et alors ?

EVA : Je n'ai rien compris.

JOHAN : Tiens. C'est donc si surprenant ?

EVA : Au contraire.

JOHAN : Alors ce n'est pas surprenant. (Triste sourire.)

EVA : Je peux me tromper. Marianne a-t-elle lu ces poèmes ?

JOHAN : Non, tu es la seule à les avoir lus. Marianne ne s'intéresse pas à la poésie.

EVA : Mais elle devrait s'intéresser à toi.

JOHAN (irrité) : Évidemment qu'elle s'intéresse à moi, mais pas de cette façon.

EVA (le regarde en souriant) : Pas du tout ?

JOHAN : Ça n'a rien d'étonnant. Toi et moi, on est copains depuis la Faculté. On n'a pas de relations intimes. Je peux attendre de toi un avis objectif avant d'aller dans une maison d'édition pour essayer de me faire publier.

EVA : Ne le fais pas.

JOHAN : Quoi donc ?

EVA : Ne va pas dans une maison d'édition.

JOHAN : C'est donc si mauvais que ça ?

EVA : Ce n'est pas mauvais du tout, Johan. J'allais ajouter : malheureusement.

JOHAN : Tu veux dire que ça manque totalement d'intérêt ?

EVA (soupire en silence).

JOHAN : Tu veux dire que c'est pâlichon, mignon et propret. Tu veux dire que ce ne sont que des confidences geignardes. Un peu de masturbation mentale.

EVA : Écoute.

JOHAN : Oui.

EVA : Dans notre groupe, nous étions plusieurs à penser que tu deviendrais quelqu'un de remarquable. On te trouvait phénoménal. Tu nous passais toujours devant et on t'admirait non sans quelque jalousie.

JOHAN : Et le rapport avec les poèmes ?

EVA : Je ne sais pas. C'est une idée qui m'a traversé l'esprit.

JOHAN : Entendu. Je n'ai pas de raison de me plaindre.

EVA : Alors, tout est parfait.

JOHAN : Tu es sûre que ta lecture de ces poèmes n'a pas été influencée par ton abstinence ? Tu es plutôt fatiguée en ce moment.

EVA : C'est très possible.

JOHAN : Tu ne crois pas que cet état désagréable vient de ce que tu n'as pas fumé depuis six jours ?

EVA : C'est assez probable. (Elle sourit aimablement.)

JOHAN : Avant de jeter ces poèmes au panier, je vais quand même demander à d'autres de les lire.

EVA : Mais mon petit Johan, c'est évident.

JOHAN : Et je les enverrai à différents éditeurs. Pour que leur mauvaise qualité me soit bien démontrée.

EVA : Ça t'a sérieusement vexé, n'est-ce pas ?

JOHAN : Je pense bien.

EVA : Alors, excuse-moi.

JOHAN : Il y a d'ailleurs quelqu'un qui aime mes poèmes.

EVA : Ah oui, et qui est-ce ?

JOHAN : Tu es bien curieuse.

EVA : Mais dans ces conditions, Johan. Un pour, un contre ! Ne t'occupe pas de ce que je t'ai dit. Disons que ce n'était que mon manque de nicotine. Salut mon vieux. Je laisse le manuscrit chez le gardien. Dis bien des choses à Marianne. (Et se retournant sur le pas de la porte :) Et quoi qu'il arrive, n'oublie pas que je t'aime bien. Salut.

JOHAN : Salut.

Eva sort et laisse Johan seul dans sa « cellule » noire. Il tend la main vers le téléphone, mais il s'arrête.

Il retourne à son travail de photographe.

Le bar est petit et plein de monde. Johan et Marianne ont trouvé une petite table près d'une fenêtre.

MARIANNE : Comme c'est bon de déjeuner ensemble. Il y a longtemps...

JOHAN : Et que voulais-tu ?

MARIANNE : J'ai pensé que nous devrions partir tous les deux cet été. N'est-ce pas que ce serait une bonne idée de faire ensemble un voyage, puisque nous nous sommes arrangés pour prendre nos vacances en même temps. Regarde, j'ai fait un tour dans les agences de voyages et j'ai pris tout un tas de brochures touristiques. Il suffit de s'inscrire à temps et l'on peut partir avec un voyage organisé qui ne coûte pas cher. Une fois sur place on peut faire ce qu'on veut. Seulement, le voyage revient bien moins cher.

JOHAN : Ce qui veut dire que nous n'irions pas du tout à la maison de campagne ?

MARIANNE : On peut y aller tout le printemps et tout l'automne.

JOHAN : Et où irions-nous ?

MARIANNE : N'importe où. Nous ne sommes, par exemple, jamais allés à Florence. Nous pourrions aller aussi sur les bords de la mer Noire. Qu'est-ce que tu en dis ? Ou alors en Afrique ? Il y a des voyages incroyablement bon marché pour le Maroc. Ou au Japon. Dis, si on allait au Japon ?

JOHAN : Mais pourquoi tout à coup cette soif de voyages ?

MARIANNE (au bout d'un moment) : Tu ne trouves pas, toi, que ce serait amusant ? Je veux dire, mettre les voiles.

JOHAN : Je ne sais pas.

MARIANNE : Alors, n'en parlons plus. (Elle ramasse les brochures.)

JOHAN : Fâchée ?

MARIANNE : Quand tu es de mauvais poil, tu me lances toujours une accusation très curieuse : tu dis que je ne m'occupe pas de nous deux. N'est-ce pas ce que tu dis d'habitude ? Et en ce moment, j'avais précisément l'intention de m'occuper de nous deux.

JOHAN : Tu te donnes bien du mal.

MARIANNE : Pourquoi es-tu ironique ?

JOHAN : Je ne suis pas du tout ironique. Je trouve *vraiment* que tu te donnes du mal. Seulement, je ne crois pas avoir envie de me balader autour du monde en plein été et en pleine chaleur. Quand on peut rester tranquillement dans un bateau, à pêcher à la ligne.

MARIANNE : Tout sera donc comme d'habitude.

JOHAN : Tu pourrais envoyer les enfants chez ta sœur. Ce serait un sacré poids en moins.

MARIANNE : Pas si nous restons à la maison.

JOHAN : Et pourquoi ?

MARIANNE : Ça semblerait vraiment bizarre.

JOHAN : Et après ?

MARIANNE : C'est impossible. Qu'est-ce que maman dirait ? Il y aurait des lamentations, des questions à n'en plus finir. D'ailleurs, les enfants aussi trouveraient ça bizarre. Bien entendu, on peut demander à Valborg de s'en occuper une semaine ou dix jours, tout au plus, mais sûrement pas davantage.

JOHAN : Est-ce vraiment nécessaire de dépendre à ce point de ce que peuvent penser les autres ?

MARIANNE : Je ne vois pas où tu veux en venir.

JOHAN : Marianne !

MARIANNE (brusquement grave) : Oui. Johan.

JOHAN : Est-ce que la vie t'ennuie ?

MARIANNE : Non. Quelle question ! Elle t'ennuie, *toi* ?

JOHAN : Je n'en sais rien. Je ne pense jamais en ces termes.

MARIANNE : Je continue à trouver que la vie est passionnante.

JOHAN (la regardant) : Comme tu es jolie, tout de même.

MARIANNE : Moi, alors que je ne suis pas allée chez le coiffeur, que j'ai cet affreux vieux pull et que je ne me suis même pas maquillée !

JOHAN : Marianne !

MARIANNE : Tu as quelque chose à me dire ?

JOHAN : Est-il possible que le monde soit aussi sournoisement organisé que tout à coup la vie se mette à dérailler. Sans qu'on sache comment. Presque imperceptiblement.

MARIANNE (d'une voix faible) : Tu veux parler de nous deux ?

JOHAN : Est-ce que l'on choisit et choisit-on mal ? Ou bien est-ce comme une trace que l'on suit sans y penser ? Jusqu'au moment où l'on se retrouve sur ce dépotoir.

MARIANNE (interrogatrice) : Johan, s'est-il passé quelque chose ?

JOHAN : Rien. Absolument rien. Je te jure.

MARIANNE : Toi et moi, on est assez francs l'un avec l'autre. N'est-ce pas ?

JOHAN : Oui, je le crois.

MARIANNE : C'est très mal de garder des choses pour soi. Il faut tout se dire, si pénible que cela puisse paraître. N'est-ce pas ?

JOHAN (énervé) : Mais oui, mais oui. Tu as quelle heure ?

MARIANNE : Une heure et quart.

JOHAN : Ma montre s'arrête tout le temps. Qu'est-ce que tu disais ? Ah oui, la franchise. Je crois, s'il faut préciser, que tu voulais parler de nos relations sexuelles.

MARIANNE : Il me semble que parfois nous...

JOHAN : On ne peut pas toujours vivre l'un sur l'autre. Ce serait trop fatigant.

MARIANNE : Voilà, c'est *la* grande question.

JOHAN : Quoi qu'il en soit je dois maintenant partir.

MARIANNE : Je vais faire un petit tour. Il faut aussi que j'achète un nouveau pantalon pour Karin.

JOHAN : Un nouveau pantalon, tu en as déjà acheté un la semaine dernière.

MARIANNE : C'était pour Eva.

JOHAN : Elles ne peuvent donc pas se passer leurs vêtements ? C'est ce qu'on faisait quand j'étais gosse.

MARIANNE : De nos jours, mon pauvre chéri, ça ne se fait plus. A ce soir, au théâtre.

JOHAN : A ce soir.

MARIANNE (soudain) : Tu sais que je t'aime beaucoup. Tu le sais ? Tu sais que j'ai terriblement peur de te perdre ? Je devrais te dire ces mots gentils bien plus souvent, je sais qu'ils ont pour toi leur importance. Je ne suis pas très douée sur ce chapitre. Je vais essayer de m'améliorer. Tu es tellement gentil. Et je t'aime tant, je t'aime tant.

JOHAN : Je vais tâcher de ne pas l'oublier.

MARIANNE : Alors, à tout à l'heure et ne conduis pas trop vite.

Marianne et Johan sont en voiture. Ils rentrent après avoir assisté à la représentation de *Maison de poupée* d'Ibsen.

JOHAN : Ça va faire du bien de manger un sandwich et de boire une bière. Ce n'est pas un bon truc de sauter le dîner et de n'avaler qu'une saucisse chaude avant d'affronter toute une soirée Ibsen. Ça ferait craquer n'importe qui.

MARIANNE : J'ai bien aimé Nora.

JOHAN : Oui, mais la pièce est d'un poussiéreux ! C'était d'ailleurs ce que pensait déjà Strindberg.

MARIANNE : Il était tout simplement jaloux.

JOHAN : Il s'est tout de même passé des choses, ces cent dernières années. Mais pas dans le sens souhaité par Ibsen.

MARIANNE : Vraiment ?

JOHAN (rit et bâille) : Le féminisme, c'est complètement dépassé, Marianne. De nos jours, les femmes peuvent faire exactement ce qu'elles veulent. Le seul ennui c'est qu'elles n'en ont pas le courage.

MARIANNE (souriante) : Tiens, tiens, comme c'est intéressant.

JOHAN : Les femmes jouent aux martyres. C'est autrement confortable. Et ça veut surtout dire que lorsque le torchon brûle, elles n'y sont jamais pour rien. J'ai toujours trouvé que les suffragettes avaient quelque chose d'absurdement pathétique. Surtout quand elles essaient de sortir leurs consœurs de leur torpeur. Une masse obtuse, vide, inexistante, qui pratique dès la naissance le lavage de cerveau. C'est vraiment déchirant.

MARIANNE : Et nous n'en sommes qu'au commencement. Attends, tu verras.

JOHAN : Je ne verrai rien du tout. Il y a dans mon bureau deux dames, d'âge moyen. Elles travaillent dans la même pièce depuis un nombre incalculable d'années. Elles se disent toujours Mlle Schoultz et Mme Palmgren. Et toutes les occasions leur sont bonnes pour se saboter ou dire du mal l'une de l'autre.

MARIANNE : Voilà, en effet, un argument de poids.

JOHAN : As-tu jamais entendu parler d'un orchestre symphonique féminin ? Tu imagines cent dix bonnes femmes avec leurs ennuis de règles devant interpréter ensemble l'ouverture de *La Pie voleuse* de Rossini ?

MARIANNE : Heureusement que personne ne t'entend.

JOHAN : Les femmes sont complètement dingues. Imagine un type, une vraie loque, alcoolique, pourri, prêt à rendre l'âme. Et qu'y a-t-il autour des ruines de ce porc : des créatures de rêve qui volettent comme de grands oiseaux blancs. Le type pue, il les maltraite — rien n'y fait. Autour de lui il n'y a que des yeux brillants de lubricité, des joues enflammées et des airs de martyrs. Il existait un crétin de défenseur de la cause des femmes, je crois d'ailleurs que c'était quelque évêque progressiste qui prétendait que les femmes ont si longtemps vécu dans l'oppression qu'elles ont fini par accepter leur avilissement.

MARIANNE : Mon Dieu, fallait-il qu'elles soient bêtes !

JOHAN : Depuis toujours, les femmes se sont réservé le beau rôle. Tu penses qu'elles ne vont pas le lâcher maintenant qu'elle ont appris à le tenir à la perfection et qu'elles sont arrivées, en plus, à ce qu'elles ont toujours voulu : la mauvaise conscience collective qui leur procure d'incroyables avantages sans qu'elles aient à lever le petit doigt. Qu'est-ce que les femmes iraient faire au parlement ou au gouvernement ? Ça ne les obligerait qu'à partager une responsabilité. Elles perdraient leur confortable situation d'opposantes. Elles seraient forcées de se défaire de leurs plus chers vices : élever des enfants et se laisser entretenir et opprimer. J'ai entendu une femme qui disait : Mais nous, les femmes, ne sommes-nous pas particulièrement douées pour la tendresse ? Je n'ai rien osé répondre. Je suis bien élevé. Ce sont là des arguments de propagande dont vous vous servez quand vous voulez échapper à une situation délicate. Mais je voudrais quand même poser cette question : les femmes ne sont-elles pas particulièrement douées pour la cruauté, la brutalité, la vulgarité ? (*Il rit.*) Je ne pense pas un mot de tout ça et d'ailleurs, je m'en fiche éperdument.

A la cuisine : bière et sandwich. Marianne a enlevé sa robe noire de « sortie » et passé un peignoir de bain blanc. Johan est en bras de chemise.

MARIANNE : Quand je suis revenue au bureau, cet après-midi, Elsa, tu sais, notre secrétaire, était sur la banquette, elle pleurait, elle saignait du nez et elle avait juste au-dessus de l'œil une énorme bosse. Elle venait d'être attaquée par trois garçons d'une quinzaine d'années. En pleine rue. Les gens n'ont même pas levé le petit doigt, ils ont fait cercle pour regarder. Ensuite deux agents passablement blasés sont arrivés pour leur petit interrogatoire et ils ont engueulé Elsa parce qu'elle se baladait avec l'argent des payes dans son sac. C'est tout juste s'ils ne lui ont pas dit que c'était bien fait pour elle.

JOHAN : On a parfois l'impression que toute la société est en train de craquer.

MARIANNE : Quand on était plus jeunes on était pleins d'espoir.

JOHAN : Tu te souviens quand on a participé aux

manifestations du 1er Mai et qu'on a failli être mis à la porte de chez nous pour toujours ?

MARIANNE : Et il y avait aussi notre troupe de théâtre d'amateurs.

JOHAN : Tu y croyais plus que moi.

MARIANNE : Et tu me reprochais de ne pas assez m'occuper de la maison.

JOHAN : C'est l'hiver où l'on a eu tous les deux la grippe asiatique. Et tu te traînais malgré tout à tes réunions politiques et tu t'obstinais à te débrouiller toute seule avec les enfants et tu voulais en plus faire parfaitement ton boulot. Quelle scène !

MARIANNE : Et on a tout arrêté. On s'est bien amusés tant que ça a duré.

JOHAN : Peut-être, oui.

MARIANNE : On croyait, au moins, en l'avenir de l'humanité.

JOHAN : C'est toujours agréable de croire en quelque chose, je te l'accorde. Et on avait, en plus, le plaisir de faire enrager nos parents, cela avait aussi son importance. Comme tu étais fougueuse en ce temps-là ! Jolie et fougueuse. Tu étais vraiment très attirante en socialiste.

MARIANNE : Et je ne le suis donc plus ?

JOHAN : Quoi donc ?

MARIANNE : Très attirante.

JOHAN : Bien sûr que si, tu es attirante. Pourquoi me le demandes-tu ?

MARIANNE : Je me suis posé la question.

JOHAN : Je me demande s'il est inévitable que deux êtres vivant longtemps ensemble finissent par se lasser un peu.

MARIANNE : Mais nous, nous ne nous sommes pas lassés.

JOHAN : Il s'en faut de peu.

MARIANNE (soumise) : Toujours à cause du même vieux truc : on a trop à faire et le soir on est trop fatigués.

JOHAN : Ce n'était pas un reproche, Marianne.

MARIANNE : Je me le demande.

JOHAN : Je te donne ma parole.

MARIANNE : Mais nous nous aimons de toutes les façons.

JOHAN : Pas de cette façon-là. En tout cas, pas beaucoup.

MARIANNE : Mais si.

JOHAN : Peu à peu, notre vie en commun s'est remplie d'esquives et d'interdits.

MARIANNE (blessée) : Ce n'est pas ma faute si ça ne m'amuse plus autant. Je n'y peux rien. Il y a des explications tout à fait naturelles. Tu n'as pas le droit de m'accuser et de me donner mauvaise conscience sur ce point.

JOHAN (gentiment) : Et tu n'as pas besoin de t'indigner comme ça.

MARIANNE : Je trouve que c'est bien ainsi. Mon Dieu, ce n'est évidemment pas passionné, mais on ne peut pas tout demander. Il y en a qui vivent encore plus mal.

JOHAN : Oui, bien sûr. C'est absolument certain.

MARIANNE : Il y a dans la vie autre chose que le sexe. Vraiment.

JOHAN (riant) : Voyons, Marianne !

MARIANNE (au bord des larmes) : Si tu n'es pas

content de ce que je peux faire, tu n'as qu'à prendre une maîtresse qui aura un peu plus d'imagination et sera un peu plus excitante. Je fais vraiment ce que je peux.

JOHAN (avec aigreur) : Justement.

MARIANNE : Voilà que tu reprends ton air.

JOHAN : Je ne prends aucun air.

MARIANNE : Cet air-là et ce ton-là. Allons, raconte plutôt ce que tu mijotes.

JOHAN : C'est inutile. Quoi que je dise sur ce sujet, tu montes sur tes grands chevaux.

MARIANNE : Absolument pas. Maintenant, je t'écoute. Tout à fait objectivement.

JOHAN : Je me demande parfois pourquoi nous embrouillons tellement ce problème. Faire l'amour, c'est finalement quelque chose d'assez élémentaire. Cela n'a jamais été envisagé comme un énorme problème qui dominerait tout. Je crois, pour ma part, que c'est la faute de ta mère. Bien que tu n'aimes pas que je dise ça.

MARIANNE : Je trouve simplement que c'est vraiment superficiel de ta part de parler comme ça.

JOHAN : Voyons, Marianne, ne fais pas ta mauvaise tête. Puisque je suis gentil.

MARIANNE : N'empêche que tu penses *malgré tout* que c'est ma faute à moi, si nous ne nous amusons pas autant qu'avant.

JOHAN : Tu viens de dire que tu faisais ce que tu pouvais.

MARIANNE : Oui, je fais ce que je peux, vraiment, Johan. Je t'assure.

JOHAN : Tu n'entends pas toi-même comme cela sonne affreusement mal ?

MARIANNE : Tu crois donc que je mens ?

JOHAN : Mais non, bon sang ! Mais non !

MARIANNE : Alors, je ne comprends pas.

JOHAN : Bah, laisse tomber et allons nous coucher. Il est tard.

MARIANNE : Ça, c'est tout à fait toi. Tu commences par lancer une formidable enquête et après quand tu m'as fait sortir de mes gonds, tu commences à bâiller et tu veux aller te coucher.

JOHAN : Marianne ! (Un silence.) Tu es affligée d'une ambition écrasante. Nous en avons souvent plaisanté entre nous. Mais ne pourrait-on pas en exempter notre pauvre vie sexuelle ?

MARIANNE (qui pleure) : Pourquoi me cherches-tu toujours des histoires à ce sujet ? D'abord, tu m'engueules parce que je manque de bonne volonté et après tu m'engueules parce que je fais des efforts.

JOHAN (doucement) : Et voilà, je nous ai mis dans de beaux draps.

MARIANNE : Ça, on peut le dire. Tu ne pourrais pas être plutôt un peu gentil. Ça serait autrement efficace !

JOHAN : D'accord. (Il renonce.) Ma chérie, ne sois pas triste. Ça ne rimait à rien de commencer à remuer tout ça.

MARIANNE : Écoute-moi. On parle aussi trop de ces choses.

JOHAN (résigné) : C'est possible.

MARIANNE : C'est vrai, on dit qu'il faut parler de tout,

qu'il ne faut rien cacher, mais pour ces choses-là, je crois qu'on a tort.

JOHAN (ce n'est pas la première fois qu'il entend ce raisonnement) : Oui, tu as sans doute raison.

MARIANNE (énergiquement) : Certaines choses doivent se vivre dans la pénombre, à l'abri des regards extérieurs.

JOHAN (retraite complète) : Tu crois ?

MARIANNE : J'en suis certaine. En continuant comme ça, on se fait de la peine et on se blesse inutilement. Et après quand on se retrouve au lit, tous les piquants sont là. C'est comme si on couchait sur une planche à clous.

JOHAN (riant) : Oui, tu as raison.

MARIANNE (soupçonneuse) : Qu'est-ce qui te fait rire ?

JOHAN : Je ris de la planche à clous.

MARIANNE (plus gracieuse) : Tu peux rire, toi.

JOHAN : Et maintenant, ne pourrait-on pas aller se coucher ?

MARIANNE : Admets que tu as été particulièrement bête et fat et que tu as manqué de tact.

JOHAN : Je te demande pardon.

MARIANNE : Tu trouves que je ne suis pas assez tendre ?

JOHAN : La tendresse, cela prend du temps.

MARIANNE : Tu n'en reçois quand même donc pas suffisamment.

JOHAN : *Nous* n'en recevons pas suffisamment. Et nous n'en donnons pas assez.

MARIANNE : Voilà pourquoi je voulais que nous partions tous les deux cet été.

JOHAN : Je ne pense pas que la tendresse puisse être un arrangement pour l'été.

MARIANNE (l'embrasse) : Tu es gentil même quand tu es idiot.

JOHAN : Quelle chance, alors, que je sois marié avec toi.

MARIANNE (l'embrasse) : Tu as de grands moments, mais dans l'intervalle tu es d'une incroyable platitude.

JOHAN : A notre âge, chaque jour, dix mille cellules de notre cerveau éclatent. Et elles ne sont plus jamais remplacées.

MARIANNE (lui donne un baiser) : Chez toi, bête comme tu l'es, cela doit être dix fois plus.

JOHAN : Tu es jolie même quand tu tempêtes et quand tu rouspètes.

Il l'embrasse. Il pose sa main sur le sein de Marianne. Elle la repousse avec prudence. Il a un petit rire, il se lève et bâille. Marianne sourit. Elle a un petit air coupable.

JOHAN : Je dors presque debout.

MARIANNE : Je vais juste jeter un coup d'œil aux enfants.

Quand elle entre dans la chambre des enfants, elle se rend compte que Karin est réveillée et qu'elle reste silencieuse et ne bouge pas.

MARIANNE : Alors, ma Kajsa, on ne dort pas ?

KARIN : Non.

MARIANNE : Et pourquoi ?
KARIN : Je ne veux pas dormir parce que si je dors, je fais des rêves affreux.
MARIANNE : Et de quoi rêves-tu ?
KARIN : Chaque fois que je m'endors, je rêve que c'est la guerre.
MARIANNE : Tu veux un verre de lait ?
KARIN : Oui, merci.

Marianne va chercher un verre de lait dans la cuisine. Quand elle revient, Karin s'est endormie. Elle pose le verre sur la table de nuit et sort sur la pointe des pieds en laissant la porte entrebâillée. Johan est déjà couché dans le grand lit. Il a mis ses lunettes pour lire. Elle prend à son tour un livre sur la table de chevet et met ses lunettes, elle avale une gorgée d'eau et une pilule et s'installe confortablement. Un peu plus tard, Johan éteint sa lampe. Marianne éteint également la sienne.

JOHAN : Bonne nuit.
MARIANNE : Bonne nuit, mon chéri.
JOHAN : Tu as remonté le réveil ?
MARIANNE : Oui, j'y ai pensé. (Un silence.) Johan ! Si tu veux qu'on fasse l'amour...
JOHAN : Merci de me le demander. Mais je dors déjà. Bonne nuit, ma chérie.
MARIANNE : Bonne nuit. Dors bien.

3

Paula

La maison de campagne. Tard le soir.

Marianne est couchée, elle dort presque déjà. Quand elle entend le bruit de la voiture devant la maison, elle se réveille, soudain joyeuse. Elle saute rapidement du lit et en chemise de nuit, elle descend en courant les escaliers. Johan entre par la véranda et dépose sa petite valise.

Avant même qu'il ait eu le temps d'enlever son manteau, elle lui saute au cou et lui donne quatre baisers qui claquent.

MARIANNE : Te voilà déjà ! Je ne t'attendais que demain. Quelle chance ! Tu as faim ? Et moi qui ai mes rouleaux sur la tête. Comme tu es gentil de venir dès ce soir. Les enfants dorment, nous nous sommes couchées de bonne heure. Il n'y avait rien à la télé et nous avons trouvé que c'était aussi bien d'aller au lit de bonne heure. Les filles et moi, on a fait un jour de jeûne pour maigrir. Tu veux une omelette ou un sandwich au pâté avec une bière ?

JOHAN : Merci. Volontiers.

MARIANNE : A moins que tu ne veuilles quelque chose de plus consistant ? Un œuf au bacon ? Je peux aussi te réchauffer un peu de potage.

JOHAN : Merci, un sandwich et une bière, ça sera parfait. J'ai à te transmettre le bon souvenir de Peter et de Katarina. Ils te téléphoneront lundi au bureau.

MARIANNE : Oui, les pauvres, c'est une longue et pénible histoire.

JOHAN : Parce qu'ils vont réellement divorcer ? J'ai l'impression qu'ils ne savent pas ce qu'ils veulent.

MARIANNE : Cela t'étonne tellement ? Je leur ai conseillé de prendre chacun un avocat, mais ils ne veulent pas. Tu ne te déshabilles pas ? Je t'apporterai le plateau dans la chambre.

JOHAN : Non, je préfère rester à la cuisine.

MARIANNE : Et moi qui me tourmentais, je me disais que tu devais m'en vouloir.

JOHAN : T'en vouloir, pourquoi ?

MARIANNE : Tu le sais bien. Hier soir, au téléphone, je n'ai pas été très aimable.

JOHAN : Ah bon, pour ça. Mais ce n'était rien.

MARIANNE : Je t'ai tout de suite rappelé mais tu devais avoir coupé le contact.

JOHAN : Hier soir, j'étais un peu fatigué. J'ai passé toute ma journée à l'Institut avec ce type du ministère. A se demander d'où sortent ces idiots qui détiennent les crédits de l'État et décident de notre sort.

MARIANNE : N'empêche que je pense qu'hier soir je n'ai pas été gentille avec toi. Je le pense vraiment.

JOHAN : On ne peut pas laisser tomber ?

MARIANNE : Comme tu es drôle, avec toi on ne peut jamais parler jusqu'au bout. Mais je ne vais pas être longue, mon chéri. Je ne voulais te dire qu'une chose, je pense que tu as raison. Et j'ai moi aussi raison. Mais différemment. Si tu ne veux pas sortir en smoking, c'est ton affaire. Tu as tout à fait raison. Mais je pense par ailleurs que tu pourrais bien t'acheter un nouveau smoking.

JOHAN : Je n'aime pas le smoking. Je ne suis pas à l'aise en smoking. C'est un habit de parfaite andouille. Quand je suis en smoking je me fais l'effet d'un chimpanzé déguisé.

MARIANNE : D'accord, d'accord. C'est ce que tu m'as dit, je m'en souviens. (Elle rit.) On ne va pas recommencer à se disputer. Je t'aime même si tu refuses ce genre de déguisement. Ce n'est pas du tout décisif pour nous deux.

JOHAN : Hier soir, on aurait pu le croire.

MARIANNE : Puisque je te dis que j'avais tort. Mon Dieu, qu'est-ce que ça me donne faim de te voir manger. Il va falloir que j'avale moi aussi un sandwich. Tant pis. J'ai tellement faim que la tête me tourne. Cette semaine j'ai perdu presque deux kilos. Ça ne se voit pas ?

JOHAN : Non.

MARIANNE : En tout cas, ça se sent, je t'assure. Je me dis parfois que tout ça est absurde. Pourquoi se priver de tout ce qui est bon en ce monde. Pourquoi ne pas avoir le droit d'être grands et gros et joyeux. Imagine un peu ce qu'on serait bien tous les deux. Tu te souviens de tante Miriam et oncle David.

Rappelle-toi comme ils étaient bien et comme leur vie était douillette et comme ils étaient gros. Et tous les soirs, ils allaient se coucher dans leur grand lit qui grinçait en se tenant par la main et ils étaient contents d'être l'un avec l'autre tout gros qu'ils étaient. Pourquoi n'aurions-nous pas le droit, toi et moi, d'être comme tante Miriam et oncle David, rayonnants de paix intérieure. Tu veux que j'enlève mes rouleaux ?

JOHAN : Ne te dérange pas pour moi.

MARIANNE : Si, je vais les enlever. Je sais que tu ne les aimes pas. Non, ce soir on ne discute pas. Viens mon chéri, allons nous coucher. Tu dois être terriblement fatigué et moi aussi je dois avoir sommeil, bien que j'aie déjà fait un petit somme. Qu'est-ce qu'il y a Johan ? Tu as des ennuis ? Qu'est-il arrivé ? Qu'est-ce qu'il y a ? Raconte.

JOHAN : Je suis venu ce soir parce que j'avais quelque chose à te dire. Je suis tombé amoureux, tu comprends. C'est parfaitement ridicule et c'est peut-être une erreur monumentale. C'est probablement une erreur. Je l'ai rencontrée en juin, pendant le congrès. Elle était secrétaire interprète. C'est-à-dire qu'elle prépare son examen. Pour être professeur de langues slaves. Elle n'a rien d'extraordinaire. Tu trouverais sans doute qu'elle est laide. Je ne sais pas où tout ça mènera. Je ne sais rien. Je suis complètement dans le cirage. Bien que d'un certain côté, je sois content. Mais quand je pense à toi et aux enfants, j'ai une de ces mauvaises consciences ! On a toujours été bien ensemble. N'est-ce pas ? Je veux dire que l'on n'a pas été ni mieux ni plus mal que la plupart des gens. Mais parle bon Dieu, dis quelque chose !

MARIANNE : Je ne sais pas quoi dire.

JOHAN : Tu trouves peut-être que c'est mal de ma part de ne pas en avoir parlé plus tôt. Mais je ne savais pas ce que cela donnerait. Je me disais : Ça passera peut-être. C'est sans doute quelque chose de passager. Et je ne voulais pas t'inquiéter.

MARIANNE : Comme c'est curieux.

JOHAN : Qu'est-ce qui est curieux ?

MARIANNE : Que je n'aie rien compris. Je n'ai eu aucun soupçon. Je n'ai rien remarqué. Tout a été comme d'habitude. Nous avons même été mieux ensemble que d'habitude. Tu étais si gentil. Et moi j'allais comme une idiote qui gobe tout sans rien comprendre. C'est monstrueux.

JOHAN : C'est vrai, tu n'as rien compris. Mais tu n'as jamais été très perspicace. Surtout en ce qui concerne nos relations à tous les deux.

MARIANNE : Et maintenant, qu'allons-nous faire ?

JOHAN : Je n'en sais rien.

MARIANNE : Tu veux divorcer ? Tu veux l'épouser ? Et d'ailleurs pourquoi fallait-il que ce soit justement ce soir que tu viennes me dire ça ? Pourquoi es-tu si pressé ?

JOHAN : Nous partons demain après-midi pour Paris.

Marianne le regarde sans rien dire.

JOHAN : Je veux tout quitter. Au moins pour un temps. Je devais de toute façon y aller un peu plus tard en automne pour voir Grandin et son assistant.

Paula a obtenu une bourse, elle comptait justement s'en servir cet automne. Je veux être avec elle. Je ne peux pas rester sans elle. Et nous partons demain après-midi.

Marianne le regarde sans rien dire.

JOHAN : Maintenant que je parle avec toi, maintenant que je suis à la maison, j'aimerais tout envoyer balader. Je suis seulement fatigué et j'ai peur.

Marianne le regarde sans rien dire.

JOHAN : Il ne peut rien exister de plus banal, de plus stupide, de plus ridicule que ça. Je sais exactement ce que tu penses et je n'ai pas d'excuses à te présenter.

MARIANNE : Comment peux-tu savoir ce que je pense ?

JOHAN : J'essaie de ne pas avoir mauvaise conscience. Mais ce n'est qu'une coquetterie. C'*est* ainsi, Marianne. On n'y peut rien.

Marianne le regarde sans rien dire.

JOHAN : Le mieux c'est de ne pas en parler. Il n'y a de toute façon rien de sensé à dire. Tu sais maintenant la vérité. C'est l'essentiel.

MARIANNE : Je ne sais rien du tout. On se couche ? Il est tard. Et tu dois repartir de bonne heure.

JOHAN : J'ai une conférence à neuf heures.

MARIANNE : Alors je propose qu'on se couche.

Ils montent l'escalier conduisant à la chambre. Marianne s'assoit dans le lit et regarde Johan qui se déshabille. Son regard le gêne. Il a, de plus, quelques marques accusatrices sur la poitrine.

MARIANNE : Tu as des marques sur la poitrine.

JOHAN : Je sais.

MARIANNE (souriante) : Comme vous manquez de tact !

JOHAN : Sais-tu si mon complet gris est ici ou à l'appartement ? Je l'ai cherché partout et je ne l'ai pas trouvé.

MARIANNE : Il est chez le teinturier.

JOHAN : Ça tombe mal.

MARIANNE : Tu comptais le mettre pour le voyage ?

JOHAN : Évidemment.

MARIANNE : Si tu veux aller le chercher, j'ai le reçu.

JOHAN : Pas le temps. Je suis pris toute la journée jusqu'à trois heures et là, c'est le départ.

MARIANNE : Si tu veux, je peux revenir en ville et aller te le prendre. Si tu veux, je ferai volontiers ta valise. D'habitude ce n'est pas ta spécialité.

JOHAN : Merci.

MARIANNE (souriante) : Comme tu es nigaud.

JOHAN : C'est vrai, je suis plutôt conventionnel.

MARIANNE : Sinon, je crois que tu as tout ce qu'il te faut. Il y a ici des chemises propres et des sous-vêtements, tu peux les prendre tout de suite. Ne pourrais-tu pas mettre ton pantalon de flanelle grise et ton blazer pour le voyage. C'est chic et ça fait jeune.

JOHAN : Si tu le crois.

MARIANNE : Tu vas rester absent combien de temps ?

JOHAN : Je n'en sais rien. Ça dépend.

MARIANNE : C'est-à-dire ?

JOHAN : J'ai demandé et obtenu un congé de six mois. Avant, j'ai pour environ un mois de travail que j'emmène avec moi. Ça fait donc, au minimum, sept à huit mois.

MARIANNE (écrasée) : Ah.

JOHAN : Tant qu'à partir, autant partir pour de bon.

MARIANNE : Et tu crois que lorsque tu reviendras, je serai toujours là.

JOHAN : Je m'en fous.

MARIANNE : Je comprends.

JOHAN : Sais-tu depuis combien de temps je traîne tout ça ? Peux-tu le deviner ? Je ne parle pas de l'histoire avec Paula, mais de l'idée de te quitter, de quitter les enfants, la maison, tout. Peux-tu le deviner ?

MARIANNE (le regarde avec effroi) : Ne le dis pas.

JOHAN : Quatre ans, il y a quatre ans que je veux me débarrasser de toi. Pas que je te déteste. Il ne faut pas croire ça.

MARIANNE (remonte le drap vers son visage) : Assez !

JOHAN : Oui, tu as raison. Ce n'est que du bavardage.

MARIANNE : De quoi allez-vous vivre ? Pendant ton congé ? Il faudra tout de même que tu paies quelque chose pour l'entretien des enfants.

JOHAN : Ne t'inquiète pas. J'ai ce qu'il faut.

MARIANNE : Alors tu dois avoir des revenus que j'ignore.

JOHAN : C'est ça, Marianne. Tu as trouvé.

MARIANNE : Comment as-tu fait ?

JOHAN (furieux) : Merde à la fin, écoute ! bien que ça ne te regarde pas. D'abord, j'ai vendu le bateau et ensuite, j'ai fait un emprunt que Frid a eu la gentillesse de cautionner. Dès le 1er septembre, la banque te versera pour toi et pour les filles mille six cents couronnes par mois. En attendant. Après, on verra ce qu'on fera. Tu n'auras qu'à en parler à un de tes confrères au bureau. Je m'en fous. Fais ton prix. J'ai l'intention de ne rien emporter, à part, éventuellement, mes livres, si tu n'y vois pas d'inconvénient. Je vais tout bonnement disparaître, tu entends. M'évanouir dans la nature. Je paierai tout ce que raisonnablement je pourrai payer pour que vous ne soyez pas dans l'embarras, toi et les enfants. Je n'ai aucun besoin. Une seule chose m'intéresse : me tirer une bonne fois de tout ça. Tu sais de quoi j'en ai le plus marre ? De cette sempiternelle discussion pour savoir ce que nous allons faire, ce qu'il faut que nous fassions et par égard pour qui, pour quoi. Et ce que pense ta mère. Et ce que pensent les gosses. Et comment faire pour ce dîner, ne vaudrait-il pas mieux inviter mon père. Et il faut aller à Falkenberg. Et il faut aller à Åre. Il faut aller à Saint-Moritz. Il faut célébrer Noël et Pâques et la Pentecôte et les anniversaires et les fêtes et toute une ribambelle de fêtes et d'anniversaires qui n'en finissent jamais. Je sais que je suis injuste. Je sais que ce que je dis en ce moment, c'est du bidon. Je sais que nous avons eu une bonne vie ensemble. Et je crois qu'au fond, je t'aime toujours. Oui, je sais que maintenant que j'ai rencontré Paula, d'une certaine façon, je t'aime *encore plus*.

Mais est-ce que tu peux comprendre cette amertume ? Je ne sais pas comment appeler ça. Personne ne peut me l'expliquer pour la bonne raison que je n'ai personne à qui en parler sauf Erik Broméus et lui, pour tout ce qui touche à l'âme, c'est un analphabète, il n'a guère plus à donner que son argent, bien qu'en l'occurrence, cela ne soit pas négligeable. Non, je ne comprends rien. Je ne comprends pas ce que j'appelle mon amertume et qui n'a fait qu'aller de mal en pis.

MARIANNE : Pourquoi n'as-tu jamais parlé ?

JOHAN : Comment parler de ce qui n'a pas de mot. Comment expliquer que cela m'ennuie de faire l'amour, même si techniquement, tout se déroule parfaitement. Comment expliquer qu'on a envie de te battre quand on te voit toute propre et toute jolie en train de déguster tes œufs à la coque au petit déjeuner ? Et ces gamines avec leur manière d'être stupide, d'enfants mal élevées et prétentieuses. Pourquoi les avons-nous gâtées d'une façon aussi hystérique ? Peux-tu me le dire ? Je ne t'accuse pas Marianne. Seulement tout est allé à la catastrophe.

MARIANNE : J'ai dû me tromper tout le temps.

JOHAN : Pas de ça ! C'est trop commode de se reconnaître toujours coupable. Comme ça on se montre fort, on est quelqu'un de bien, de généreux, on est humble. Tu ne t'es pas trompée et je ne me suis pas trompé. Inutile d'étaler ses sentiments de culpabilité et sa bonne conscience, bien que pour ce qui est de la mauvaise conscience, le ciel m'est témoin que j'en ai à étouffer. Tout n'est que hasard, cruel accident. Pourquoi veux-tu que justement, toi et moi, nous échappions aux humiliations et aux catastrophes ? Tout est parfaitement logique. Alors pourquoi commencer à parler de fautes et de culpabilité ?

MARIANNE : Mon pauvre Johan.

JOHAN : Je ne veux pas de ta compassion. Ne me trouble pas. Je crois que de ma part ce ne sont que des simagrées. Je veux dire tous mes discours. Je ne crois pas une minute que je frôle la vérité en ce qui nous concerne. D'ailleurs, je ne crois pas qu'il existe de vérité sans équivoque. Tout n'est que blessure. Partout. Et quoi qu'on dise, quoi qu'on fasse, tout fait mal.

MARIANNE : Tu ne peux pas ne pas partir ?

JOHAN : Impossible.

MARIANNE : Même si je te le demande de toutes mes forces ?

JOHAN : C'est inutile et pénible.

MARIANNE : Ne pourrais-tu pas remettre au moins ce voyage d'un mois ou deux ? Tu ne me laisses aucune chance. Nous pouvons, je crois, arranger les choses entre nous. Nous pourrions, je crois, inventer une nouvelle forme de vie commune. Peut-être que Paula me comprendrait mieux que toi. Il faudrait que je la rencontre et que je parle avec elle. Ce n'est pas juste de tout briser maintenant que nous commençons à nous dire la vérité. Ne pourrions-nous pas laisser la catastrophe passer sur nous, sur nous deux ensemble ? Je veux dire qu'en brisant tout ce que nous avons construit, nous détruisons tant et tant de choses. Tu dois me laisser une chance, Johan. Ce n'est pas gentil de me mettre tout bonnement devant le fait accompli. Tu me laisses dans une situation ridicule et insupportable. Tu ne peux pas ne pas le comprendre.

JOHAN : Je sais exactement à quoi tu penses : que vont dire nos parents ? Et ma sœur, et nos amis ? Qu'est-ce qu'on va raconter ? Et comment cela va-t-il se passer pour les petites et que diront les mères de leurs amies ? Et comment fera-t-on pour les dîners auxquels on est invités en septembre et en octobre ? Qu'est-ce que je vais dire à Katarina et à Peter ? Je m'en fous, tu m'entends, je m'en fous. J'ai l'intention de me comporter en salaud, ça me fera du bien.

MARIANNE : Ce n'est pas ce que je pensais.

JOHAN : Non, alors qu'est-ce que tu pensais ?

MARIANNE (d'une voix très basse) : Rien.

Ils sont couchés dans le grand lit conjugal et ils ont éteint la lumière. Ni l'un ni l'autre n'arrivent à dormir, ils restent longtemps silencieux, immobiles, profondément tristes. Autour d'eux, tout est silencieux.

MARIANNE : J'ai oublié de remonter le réveil. Tu dois te lever à quelle heure ?

JOHAN : A cinq heures et demie, si tu veux bien. Je dois faire ma valise et il faut que je sois à neuf heures à l'Institut pour une conférence.

MARIANNE : Il y a longtemps que je me dis qu'il faudrait que j'achète un autre réveil, celui-là sonne tellement fort qu'on en a presque un arrêt du cœur. Et puis, on ne peut guère s'y fier. En tout cas, le voilà réglé sur cinq heures trente. D'ailleurs, je n'ai en général pas besoin de lui pour me réveiller. Ne t'inquiète pas. (Tout à coup :) Je veux que tu me racontes au sujet de Paula.

JOHAN : A quoi bon ?

MARIANNE : Je le veux.

JOHAN : Pourquoi veux-tu te faire du mal ?

MARIANNE : Ce n'est pas du masochisme. Je veux savoir comment elle est. C'est bien pire d'essayer de se représenter quelque chose qui n'a pas de silhouette. Tu as une photo d'elle ? Tu en as certainement.

JOHAN : S'il te plaît Marianne, ne pourrions-nous pas nous épargner ça ?

MARIANNE : Je t'en prie. Sois gentil, ne peux-tu m'aider à surmonter ça ?

JOHAN : Mais tu ne viendras pas te plaindre après. Où est mon portefeuille ? Ah oui, dans la poche de mon veston. Tiens, voilà deux photos. L'une a été prise, il y a deux ans, quand elle passait ses vacances au bord de la mer Noire. L'autre est une photo d'identité pour le passeport, prise il y a quelques semaines. Je la trouve assez ressemblante.

MARIANNE : Elle est bien faite. De très jolis seins, on dirait. C'est vrai ?

JOHAN : Oui, elle a de jolis seins.

MARIANNE : Elle se teint les cheveux ? Je veux dire que ça en a tout l'air.

JOHAN : Je n'y ai jamais pensé mais c'est possible.

MARIANNE : Elle a un beau sourire. Quel âge a-t-elle ?

JOHAN : Vingt-trois ans. Ses amours n'ont pas été très heureuses. Elle a été fiancée deux fois et je crois que justement sur ce point-là, sa vie a été assez perturbée par toutes sortes d'hommes.

MARIANNE : Tu en souffres ?

JOHAN : Un peu. Sa sincérité peut être parfois assez désagréable. Je préférerais ne rien savoir, mais elle s'obstine à me raconter toute sa biographie érotique. C'est assez éprouvant car je souffre de jalousie rétrospective. Elle n'a plus aucune illusion. Elle dit qu'elle n'attend rien de nous deux. Elle dit qu'elle sait que je te reviendrai, qu'elle n'a aucune chance contre toi. Parfois, on croirait entendre quelques répliques de je ne sais quelle mauvaise pièce de boulevard qu'on a vue trop souvent. Elle éprouve le besoin de se garder de toute forme d'échec. Ça la rend assez touchante. D'une manière générale, malgré ses vingt-trois ans, son intelligence et toute sa compétence, elle est assez naïve. Elle est très jalouse, mais je le suis aussi, sur ce point on est à égalité. Elle a terriblement peur de toi et je comprends ça. Mais elle a peur aussi de ma secrétaire et d'autres femmes qu'elle sait que je rencontre. D'une manière générale elle manque de confiance en elle. J'essaie de l'aider de mon mieux. C'est assez inhabituel et plutôt troublant.

MARIANNE : Et au lit, tous les deux, ça marche ?

JOHAN : Au début, tout allait de travers. Ça devait venir de moi. Manque d'habitude. Je veux dire avec d'autres femmes, et toi et moi, nous nous sommes gâtés. Je n'y arrivais pas. Mais elle trouvait que personne n'avait jamais été aussi tendre et aussi gentil avec elle. J'ai voulu rompre, pourtant j'étais amoureux d'elle. Seulement je comprenais que si je n'arrivais pas à coucher avec elle, toute notre liaison était vouée à l'échec. Mais quand j'ai voulu rompre, elle a été absolument désespérée. J'ai eu peur qu'elle ne se fasse du mal. Et puis, nous avons quitté la ville pendant une semaine.

MARIANNE : Vous êtes donc partis ensemble...

JOHAN : Oui, tu te souviens bien, lorsque je suis allé en avril à Copenhague pour quelques conférences.

MARIANNE : Ah bon, c'est à ce moment-là. En avril.

JOHAN : Le soir on s'est saoulés et on a vécu comme des cochons. On s'est battus, on a fait un boucan du diable et on s'est fait mettre à la porte de l'hôtel. Tu te souviens, je t'ai dit que j'avais changé d'hôtel parce qu'il y avait trop de bruits de voitures. On a alors dégoté un hôtel infâme dans une toute petite rue et brusquement, on s'est trouvés et on a fait l'amour jour et nuit. Elle a dit qu'elle n'avait jamais été aussi heureuse avec aucun homme. Après ça, évidemment, je me suis senti terriblement encouragé. Je sais à quoi tu penses, Marianne, et c'est vrai. Pour toi et moi aussi, cela a été plus amusant après le voyage à Copenhague.

MARIANNE : Tu l'as raconté à Paula ?

JOHAN : Non, je n'ai pas osé. Je lui avais dit que toi et moi nous ne faisions plus l'amour depuis longtemps. Je lui avais dit que j'étais impuissant. Ce n'était pas très vrai, mais comme j'étais impuissant avec elle, il était préférable que je fasse semblant d'être impuissant avec toi aussi. Mais ce qui est difficile avec Paula, c'est qu'elle a une terrible intuition. Ou alors, je suis un piètre menteur. Elle voit toujours quand je mens. Elle a l'effarant pouvoir de me percer à jour. Et cela peut avoir son utilité. Je me vois infliger de ces leçons.

MARIANNE : Oui, j'ai toujours été incroyablement crédule.

JOHAN : Pas seulement crédule. Tous les deux, nous nous sommes évadés dans une existence hermétiquement protégée. Tout a été organisé, toutes les failles colmatées, tout a fonctionné. Nous sommes morts par manque d'oxygène.

MARIANNE (souriant) : Et tu veux dire que ta petite Paula est venue te réveiller à une vie nouvelle.

JOHAN : Je ne sais pas très bien qui je suis et je comprends assez mal la réalité, même si j'ai lu beaucoup de livres. Mais quelque chose me dit que cette catastrophe est une chance de vie pour toi comme pour moi.

MARIANNE : C'est Paula qui te met ces bêtises dans la tête ? Jusqu'où crois-tu avoir le droit de pousser la naïveté ?

JOHAN : Dans la situation où nous sommes, je ne vois guère l'utilité des sarcasmes et des reproches.

MARIANNE : Tu as raison. Excuse-moi.

JOHAN : Je fais mon possible, tu entends. J'essaie d'être aussi sincère que possible. Ce n'est pas facile. Nous n'avons jamais parlé de ces choses ensemble. Je trouve que nous avons le droit d'être naïfs, bêtes et de manquer d'assurance. Comment faire autrement ? Cette histoire avec Paula est une catastrophe. Pour toi comme pour moi. J'ai essayé à plusieurs reprises de m'en libérer mais ça n'a pas été possible. Elle me tient, je suis en quelque sorte possédé par elle. Ça paraît terriblement mélo de dire qu'on est « possédé » par quelqu'un mais c'est le seul mot qui aille. Au début, je m'efforçais de résister, mais maintenant, je laisse tout foutre le camp. Et je suis assez content qu'il en soit ainsi.

MARIANNE : Je ne te demande qu'une seule chose : remets ce voyage à un peu plus tard.

JOHAN : Paula n'acceptera jamais qu'on remette et c'est aussi ce que je pense. J'ai pris ma décision.

MARIANNE : Est-ce que je peux la rencontrer ?

JOHAN : A quoi bon ? D'ailleurs, elle ne veut pas entendre parler de toi. C'est à peine si j'ose prononcer ton nom.

MARIANNE : On ne peut pas dire que tu sois bien tombé.

JOHAN : Ça dépend comme on l'entend. Paula et moi, nous sommes très bien ensemble. Elle est gaie, elle est gentille et tendre. Nous avons toujours un tas de choses à nous dire. Et dans l'intervalle, nous avons des scènes terribles. Mais je commence à me demander si ce n'est pas finalement assez sain. Toute ma vie, je n'ai été que trop bien élevé, trop sage, trop bien équilibré, trop réfléchi. Je ne sais pas. Je ne sais rien.

MARIANNE : Viens contre moi. Je veux que tu me fasses l'amour. Tu peux bien me le faire, au nom de notre vieille amitié.

Elle éteint la lampe de chevet. L'aube pointe déjà à la fenêtre. Ils font l'amour. Elle a très vite un orgasme très violent. Puis, elle commence à pleurer et sanglote un bref instant, allongée sur le côté, le visage caché dans ses mains. Puis elle se calme, embrasse passionnément mais doucement son mari. Elle lui donne plusieurs baisers. Ils se regardent avec tendresse et désespoir.

MARIANNE : Maintenant, reste dans mes bras et dormons. Nous sommes très fatigués tous les deux.

JOHAN : Je crois que je ne pourrai pas dormir. Il vaudrait mieux que je prenne un café, que je fasse ma valise et que je parte tout de suite.

MARIANNE : Non, allonge-toi, ferme les yeux. Tu verras, tu vas t'endormir. On a tous les deux besoin de dormir. Demain, la journée sera rude.

JOHAN : J'ai tellement honte.

MARIANNE : Attendons encore un peu pour éprouver ce genre de sentiment. Maintenant, il n'y a plus que toi et moi. Nous avons quelques heures devant nous. Rien que toi et moi.

Ils s'endorment finalement dans les bras l'un de l'autre. Marianne, qui s'est assoupie, se réveille en sursaut. La conscience de la réalité la submerge. Elle reste d'abord immobile pour résister à l'attaque, mais celle-ci ne fait que croître. Mieux vaut bouger. Elle se retourne avec précaution, se dégage des bras de son mari et tend la main pour prévenir la sonnerie du réveil. Dans quelques minutes, il sera cinq heures et demie. Johan dort profondément, il a l'air tourmenté. Elle se tient la tête avec la main, et le contemple longuement tandis que, derrière son oreille, le réveil poursuit son tic-tac.

Puis le temps est écoulé, et elle touche Johan tout doucement. Il se réveille immédiatement. Il étend le bras et l'attire vers lui, dans un geste de désespoir sans recours. Elle le laisse faire, mais demeure raide et résiste. Ils restent ainsi quelques secondes, puis il la relâche et s'assied avec décision ; il se lève, va dans la salle de bains, commence à se raser avec son rasoir électrique. Marianne va aux toilettes, fait pipi, puis elle reste un instant comme paralysée, elle a l'impression de peser deux tonnes, elle rejoint enfin son mari dans la salle de bains et commence sa toilette. Longuement, minutieusement, Johan prend une douche, puis ils se retrouvent toujours muets et nus, étrangers l'un à l'autre, en train de s'essuyer avec leurs belles serviettes-éponges colorées. Marianne peigne et brosse ses longs cheveux. Johan retourne dans la chambre et commence à s'habiller.

MARIANNE : On commence la valise maintenant ou tu préfères prendre d'abord ton petit déjeuner ? Thé ou café, que veux-tu ?

JOHAN : Tu décides. Du thé, merci.

Marianne sort une valise d'un placard. Johan sort d'un autre placard les vêtements qu'il portera pendant le voyage (blazer et pantalon de flanelle) et il finit de s'habiller. Lentement, soigneusement, Marianne commence à faire la valise. Johan va dans la salle de bains, il se peigne, se lave les dents ; il revient avec les ciseaux à ongles.

JOHAN : Tu peux me donner un coup de main ? Je me suis cassé un ongle et je n'y arrive pas.

Marianne va chercher ses lunettes, elle le mène près de la fenêtre et commence à couper avec précaution.

MARIANNE : Tu as recommencé à mordiller la peau autour de tes ongles.

JOHAN : Sais-tu où sont passés les *Mémoires* de Speer ? Je suis sûr d'avoir laissé ce bouquin sur la table de nuit.

MARIANNE : Je croyais que tu les avais terminés. Je les ai prêtés à maman.

JOHAN : Comme c'est gentil. Attention, merde !

MARIANNE : Là, je dois couper. Ton ongle est cassé. Ça saigne un peu. Il faut que je mette un pansement. Qu'est-ce que tu peux fabriquer avec tes ongles ?

JOHAN : Merci, ça va très bien comme ça.

MARIANNE : Est-ce que je mets ce rasoir ou bien emportes-tu celui qui est en ville ?

JOHAN : De toute façon, je dois monter à l'appartement pour chercher un certain nombre de choses, alors tu peux le laisser.

MARIANNE : Tu veux le reçu du teinturier ?

JOHAN : Oui, tant qu'à faire. J'aurai peut-être le temps. Où est-ce ?

MARIANNE : Storgatan, presque en face de l'église.

JOHAN : Bon, alors je vois. Je ne vais sûrement pas emporter ces grosses chaussures.

MARIANNE : Tu en auras certainement besoin cet hiver. Tu veux quels pyjamas ?

JOHAN : Mais va donc faire le petit déjeuner, pendant ce temps je terminerai la valise.

MARIANNE : Ça te gêne que je t'aide à faire ta valise ?

JOHAN : Je ne peux pas nier que je ne trouve pas ça convenable même si je ne vois pas pourquoi.

Ils rient sans joie. Marianne met un vieux pantalon et un gros gilet en tricot. Johan continue à faire sa valise. Marianne, les bras croisés, le regarde. Un silence. Johan éclate.

JOHAN : Qu'est-ce que tu as à me regarder comme ça ?
MARIANNE : Rien. Excuse-moi.

Elle sort immédiatement de la pièce et abandonne Johan à ses tourments. L'irritation de Johan va croissant. Quand il essaie de fermer sa valise, il n'y parvient pas, il retire les grosses chaussures et les jette avec violence sur le parquet.

Marianne prépare le petit déjeuner et met la table à la cuisine, elle fait cuire des œufs, tandis que le thé infuse, elle grille le pain. Johan passe avec sa valise, il sort dans la cour et la jette dans le coffre arrière de sa voiture. Marianne sent que ses larmes coulent malgré elle, elle renifle, se mouche et se reprend. Ils se mettent à table et se servent tous les deux ou se servent chacun, avec la routine des gestes ordinaires. Marianne a oublié le sel pour les œufs.

MARIANNE : Qu'est-ce que je dois faire pour ton courrier ?
JOHAN : Je t'écrirai pour te donner mon adresse. Tu seras gentille de me faire suivre les lettres impor-

tantes. Pour les factures et choses comme ça, tu voudras bien les payer par chèques postaux.

MARIANNE : Autre chose. Le plombier devait venir réparer la salle de bains avant notre retour en ville. Lui as-tu téléphoné ou faut-il que je le fasse ? Tu avais parlé de lui faire signe. Je veux dire que si dans tout ce branle-bas tu l'as oublié, je pourrais peut-être m'en occuper pour qu'il vienne faire enfin ces réparations.

JOHAN : Je lui ai téléphoné au moins dix fois, mais je ne suis pas arrivé à lui mettre la main dessus. Je ne l'ai donc pas oublié comme tu l'imagines.

MARIANNE : Où mettras-tu ta voiture pendant ton absence ? Peut-être au garage ?

JOHAN : J'ai demandé à la sœur de Paula de s'en occuper. Ça ne rime à rien qu'elle reste au garage sans servir, et sa sœur vient de déménager en banlieue.

MARIANNE : Je comprends.

JOHAN : Ce serait par contre gentil si tu voulais téléphoner chez le dentiste et décommander mon rendez-vous. Je sais que je vais oublier.

MARIANNE : Il y a une chose qui me semble poser autrement un problème. Qu'allons-nous faire pour l'anniversaire de ton père vendredi ? Comme tu le sais, nous sommes invités à dîner. Je te serais très reconnaissante si tu voulais bien lui téléphoner et lui expliquer la situation. Veux-tu avoir la gentillesse de le faire ?

JOHAN : C'est presque ce qu'il y a de pire. Je pourrais peut-être lui écrire.

MARIANNE : L'essentiel, c'est que tu ne l'oublies pas.

JOHAN : Le pire, vraiment, c'est de mettre les parents au courant. C'est en quelque sorte humiliant. Que faut-il leur dire ?

MARIANNE : Autre chose. Qu'est-ce que je dois dire à Mme Andersson ?

JOHAN : Je me fous de ce que pourra penser la femme de ménage.

MARIANNE : Pourquoi te mets-tu en colère ? (Johan grommelle quelque chose qu'on n'entend pas.) Il y a dix ans qu'elle vient à la maison, elle nous connaît bien, elle est irremplaçable et elle nous est très attachée.

JOHAN : Bah. (Un silence.) Alors, autant te le dire. Elle nous a surpris Paula et moi un matin. J'ignorais que toi et cette bonne femme vous aviez convenu de changer de jour. Et tout à coup, la voilà dans la chambre. Je t'avoue que c'était assez pénible. (Un silence.) Il y a environ un mois. Ma voiture était en panne et nous avions dîné par là, et je me suis dit que ça n'avait pas grande importance si nous passions une nuit à la maison. Je suis allé jusqu'à la cuisine et j'ai demandé à la dame de la boucler. Elle salivait d'excitation, d'indignation et de loyauté à ton égard. Après, elle nous a préparé avec empressement le petit déjeuner et tout. Elle regardait plutôt Paula comme l'innocente victime de mes désirs lubriques. Et pour finir, je me suis vu lui refiler trente couronnes. Tu ne dis rien ?

MARIANNE : Ainsi, je n'aurai donc pas besoin de parler de ça avec Mme Andersson. Tant mieux.

Elle se lève et commence à rassembler la vaisselle sale. Bruits de porcelaine. Soudain, elle s'immobilise devant l'évier, elle penche la tête en avant, très bas, et respire profondément.

JOHAN (gentiment) : Qu'est-ce qu'il y a, Marianne ?
MARIANNE : Ça va passer.

Ensuite, il doit s'en aller. Ils sont face à face dans l'entrée. Il passe son manteau.

MARIANNE : Et aux enfants, que veux-tu que je leur dise ?
JOHAN : Dis ce que tu veux.
MARIANNE : Est-ce que je dois leur dire que tu es tombé amoureux d'une autre femme et que tu nous as plaquées ?
JOHAN : C'est une excellente formulation. Elle a, de plus, l'avantage d'être vraie. De ce côté-là, je ne m'attends à aucune compréhension.
MARIANNE : Cela va être dur pour Karin. Elle t'est tellement attachée en ce moment. Elle ne parle que de toi.
JOHAN : Ne remue pas le couteau dans la plaie. Ça fait déjà assez mal. Maintenant je dois m'en aller. Je voudrais bien arriver avant les embouteillages. Salut Marianne, soigne-toi bien.
MARIANNE : Salut.

Ils demeurent face à face, figés, hagards, incertains. Il se penche pour l'embrasser sur la bouche mais elle se détourne. Il a un petit rire.

JOHAN : Je serai peut-être de retour dans une semaine.

MARIANNE : Si seulement c'était vrai ! Nous recommencerions tout depuis le début. Nous parlerions de tout ce qui s'est passé. Nous chercherions où et quand ça a mal tourné. Tu n'aurais jamais à entendre un reproche. Je te le promets. Ce que nous sommes en train de vivre est absolument irréel. Je me demande ce que je vais devenir. Tu me laisses en dehors de tout. Je suis sûre que n'importe quelle autre solution serait meilleure que celle-là. Ne peux-tu pas me promettre que tu reviendras ? Que je sache au moins quelque chose. Tu ne peux quand même pas me laisser sans le plus petit espoir. C'est trop injuste. Même si tu n'as aucune intention de revenir, tu pourrais au moins dire que tu penses le faire.

JOHAN : Maintenant, Marianne, il faut que je m'en aille.

Il branle la tête et la regarde sans la voir. Puis il sort par la porte. Elle reste immobile, la porte se referme. Par la fenêtre, elle le voit monter en voiture. Après quelques essais, la voiture démarre à contrecœur et descend le chemin, franchit la grille, tourne à droite et disparaît derrière les collines. Marianne demeure un long moment sans bouger comme si à partir de cet instant tout allait lui coûter un effort insupportable. Elle va finalement dans la cuisine et rassemble la vaisselle. Elle allume la radio. Soudain, elle abandonne tout et va dans la chambre des deux filles. Là, tout est silence et profond sommeil. Elle s'assied un instant et contemple leurs visages endormis.

MARIANNE (se parlant à elle-même) : Je ne comprends pas. Non, je ne comprends pas.

Elle a soudain une idée. Elle se dirige vers le téléphone et compose un numéro. Au bout d'un moment, quelqu'un répond.

MARIANNE : Bonjour Fredrik, c'est Marianne. Excuse-moi, je vous réveille ? Birgit est là ? Non, ça n'a pas d'importance. Laisse-la dormir. Comment allez-vous ? Ah bon, tu aimes être levé, tout seul, à cette heure-là. Non, je ne veux pas te déranger longtemps. Non, ici le ciel est couvert. Tu as de la chance. Oui, je voulais juste te demander quelque chose. Non, je voulais juste parler avec quelqu'un. Toi et Birgit, vous êtes nos amis. J'avais besoin de — j'avais besoin de — c'est absolument irréel, Fredrik. Tu comprends. (Un silence.) — Oui, attends. Seulement, je suis tout le temps sur le point de fondre en larmes et je ne veux pas pleurer parce que après ce sera encore pire. Enfin voilà, Johan est tombé amoureux d'une autre femme. Elle s'appelle Paula et ils ont décidé de partir pour Paris aujourd'hui. Tu ne pourrais pas parler avec Johan et lui demander d'attendre un peu ? Il n'a pas besoin de tout quitter si vite. Comment ? Tu lui as déjà dit ? Oui, je comprends. Je comprends. Birgit et toi avez tout le temps été au courant ? *Vous avez tout le temps été au courant et vous ne m'avez rien dit ?* Et vous vous dites mes amis ? Comment avez-vous pu être aussi lâches et aussi malhonnêtes vis-à-vis de moi ? Tu peux dire tout ce que tu veux. On s'est rencontrés à plusieurs reprises, on a bavardé de tout et vous étiez au courant et vous ne m'avez rien dit. (Furieuse.) Merde, alors, merde, si pour vous c'est ça être amis. Tu peux aller au diable avec tes explications. Combien de personnes étaient au courant ? Un certain nombre ? Ah oui. C'est bon à savoir.

Elle jette le combiné.
Lorsque le téléphone sonne, elle ne répond pas.
Elle se mord la main pour ne pas crier.

4

La vallée de larmes

Un soir de septembre, un an plus tard. On sonne à la porte. Marianne, qui était à la cuisine en train de préparer un repas en tête à tête, va ouvrir après avoir jeté un coup d'œil dans la glace.

JOHAN : Bonsoir.

MARIANNE : Bonsoir. Entre, je t'en prie !

JOHAN : Excuse-moi d'être en retard. J'ai eu des ennuis avec la voiture. Elle ne voulait pas démarrer. (Il l'embrasse sur la joue.) Comme tu es jolie. Et quelle belle robe !

MARIANNE : Contente qu'elle te plaise. Je l'ai achetée il y a quelques jours, mais si tu savais les remords que j'ai eus après. Je trouvais qu'elle ne m'allait pas du tout. Et aussi qu'elle était beaucoup trop rouge.

JOHAN : Elle te va très bien, tu peux me croire.

MARIANNE : Mais entre, Johan, je t'en prie. Je me sens mal à l'aise pour bavarder ici.

JOHAN : Je ne me sens pas très à l'aise non plus. Je n'ai rien pu faire de bien de toute la journée. C'est vraiment comique. Mais il y a longtemps qu'on ne s'est pas vus. Plus de six mois...

MARIANNE : Et comment se fait-il que tout à coup, tu...

JOHAN : Paula est à Londres pour une semaine.

MARIANNE : Ah bon ! C'est ça. Tu veux boire quelque chose ?

JOHAN : Oui, très volontiers, un whisky. Sec si possible et sans glace. Ça me fera du bien. Ça me calmera.

MARIANNE : Tu bois du whisky maintenant ?

JOHAN : Mais oui, figure-toi.

MARIANNE : J'ai demandé à tante Berit de s'occuper des enfants pour cette nuit. Comme ça, elles resteront chez elle jusqu'à après-demain. A leur grande joie à toutes. Ce soir, elles vont au théâtre, et demain elles n'ont pas classe. Elles pensaient aller à la campagne.

JOHAN : Ça m'arrange. Je ne me sentais pas très rassuré à l'idée de revoir aussi les enfants. Comment vont-elles ?

MARIANNE : Pas la peine de demander de leurs nouvelles par politesse. Seulement, nous allons marquer leurs anniversaires sur ton agenda pour que tu ne les oublies pas comme cette année. J'ai acheté à chacune un cadeau de ta part mais elles ont flairé le subterfuge. Ce n'était pas réussi, réussi. Je trouve que tu pourrais les emmener quelquefois au restaurant. Vous pourriez aller au cinéma. Tu ne leur donnes jamais signe de vie, ça commence à devenir fantomatique. Elles ne parlent plus guère de toi maintenant.

JOHAN : Ça se comprend.

MARIANNE : Quand je pense que tu ne peux pas nous rencontrer sans que Paula te fasse des scènes pendant dix jours...

JOHAN : Si je ne suis venu que pour te donner l'occasion de me faire la morale, je peux repartir tout de suite.

MARIANNE : Mais c'est toi qui as dit que Paula était tellement jalouse que tu ne pouvais pas nous voir, moi ou les enfants, sans que ça fasse toute une histoire.

JOHAN : Et que veux-tu que j'y fasse ?

MARIANNE : Tu n'as donc même pas le courage de lui dire ce que tu veux ? Tu as donc tellement peur des histoires que tu la laisses te mener par le bout du nez ?

JOHAN (fatigué) : Oui.

MARIANNE : Excuse-moi.

JOHAN : Ça n'a pas d'importance. Je comprends que tu trouves cette situation absurde. Mais ne m'engueule pas, moi. Ça ne sert à rien.

MARIANNE : Encore un peu de whisky ?

JOHAN : Oui, s'il te plaît.

MARIANNE : Et autrement, comment ça va ?

JOHAN : Toujours pareil. Et toi ?

MARIANNE : Je n'ai pas à me plaindre. Ça pourrait être pire.

JOHAN : C'est sans doute une bêtise de ma part de t'avoir téléphoné et de t'avoir demandé de nous rencontrer. Il n'y a pas une chose dont nous ne puissions parler sans nous faire du mal.

MARIANNE : Alors, voici une bonne proposition : passons à table. — On a sans doute faim tous les deux et ça nous rend nerveux. Tu ne crois pas ?

JOHAN : C'est une bonne proposition.

Quand ils se lèvent, il l'embrasse sur la bouche. Elle le laisse faire en protestant faiblement. Soudain, ils se regardent et sourient.

MARIANNE : Avec tes cheveux coupés comme ça, tu as l'air de je ne sais quoi. Il me semble aussi que tu as pris quelques kilos.

JOHAN : Il faut reconnaître que lorsque nous sommes comme maintenant tout près l'un de l'autre, j'ai terriblement envie de toi. Et que peut-on faire ?

MARIANNE : D'abord on dîne. Et après on verra.

JOHAN : Tu t'es payé un nouveau service ?

MARIANNE : C'est un héritage. Ma bonne vieille tante Elsa est morte il y a six mois et pour d'obscures raisons, elle m'a légué toutes sortes d'ustensiles de cuisine. Elle s'est toujours imaginé que je m'intéressais à la cuisine. La plupart de ces choses sont inutilisables, mais le service est joli. Je n'ai à t'offrir qu'un genre de bœuf bourguignon. Du vin rouge et du fromage. Je n'ai pas eu le temps de mijoter quelque chose de plus raffiné. Mais, en général, tu apprécies ma cuisine.

JOHAN : Ça sent rudement bon. (Il se sert.) Tu as entendu dire que Martin se remarie.

MARIANNE : Mon cher, je les ai rencontrés dans la rue. Ils étaient dans leurs petits souliers et ils ont commencé à bafouiller et à s'excuser de ne pas m'avoir fait signe de toute l'année. Ils me faisaient presque pitié.

JOHAN : En tout cas, sa dernière trouvaille est une folle, complètement dingue. Mais il paraît qu'elle a de l'argent.

MARIANNE : Tiens, moi j'ai entendu dire tout le contraire. L'entreprise de son père aurait fait faillite il y a quelque temps.

JOHAN : Alors, il a encore une fois raté son coup.

MARIANNE : N'est-ce pas un de tes meilleurs amis ?

JOHAN : Pas exactement. Pourquoi ?

MARIANNE : Cela paraît te faire tellement plaisir.

JOHAN : Un sage a dit qu'il y a toujours dans les malheurs de nos amis quelque chose qui n'est pas entièrement pour nous déplaire. *Skål,* Marianne. Il est fameux ton vin.

MARIANNE : Oh, il n'a rien d'extraordinaire. C'est une appellation contrôlée qui coûte six couronnes soixante-quinze. Mais il est bon.

JOHAN : Tu sais, pour moi, en ce moment, ça va plutôt bien. On m'a offert un poste de « visiting professor » à l'université de Cleveland. Une proposition formidable, tu comprends. Autant pour ma carrière que financièrement parlant. S'il se passe quelque chose dans notre domaine, c'est tout de même là-bas. Et je suis prêt à émigrer pour un certain temps. Ici, rien ne me retient. Et si tu savais comme j'en ai marre de cette pétaudière universitaire. Et je n'ai aucune envie de me faire sucer jusqu'à la moelle. Alors, si tout va bien, au printemps, je m'en vais.

MARIANNE : Félicitations.

JOHAN : Et maintenant, question implicite : Emmèneras-tu Paula avec toi aux États-Unis ? Réponse : Non. Tu peux appeler ça une fuite si tu veux. C'est vrai, je mets les voiles. Ça suffit comme ça. Paula m'a été très utile. Elle m'a appris des choses à mon sujet qu'il peut être bon de connaître. Mais maintenant, j'en ai ras le bol. Pour parler franchement, elle commence à me taper sur les nerfs. Tu me diras peut-être que ce n'est pas très loyal de ma part de venir chez toi débiter des saletés sur Paula. Mais depuis longtemps, elle use et abuse de ma loyauté. J'en ai marre, marre. Avec ses sentiments bruyants, ses scènes, ses larmes, ses cris, ses réconciliations et ses démonstrations d'amour, elle finira par avoir ma peau. (Il s'arrête.) Tu vois, Marianne, ce qu'il y a eu de mieux avec Paula, c'est qu'elle m'a appris à gueuler et à tempêter. J'avais même le droit de la battre. J'en étais arrivé à ne plus savoir si j'avais des sentiments. Si je te racontais tout, tu croirais que j'invente. J'ai eu parfois l'impression de participer à une représentation de théâtre grotesque où j'étais tout à la fois acteur et spectateur. Il nous est arrivé de nous bagarrer pendant des jours et des nuits. On ne s'arrêtait que par épuisement.

MARIANNE : Tu en reprends un peu ?

JOHAN : Merci. Il faut d'abord que je termine ce que j'ai dans mon assiette. C'était délicieux. Et je cause, je cause. Mais ça me met d'une bonne humeur, tu ne peux pas savoir... Depuis qu'on m'a offert ce poste de « visiting professor », je me sens comme un empereur.

MARIANNE : Alors, ce serait peut-être le moment de régler notre divorce. Je veux dire que si tu t'en vas pour plusieurs années, il est sans doute préférable de régler cette question avant ton départ. Qu'en penses-tu ?

JOHAN : Comme tu voudras.

MARIANNE : Alors je crois qu'il serait plus raisonnable de divorcer. On ne sait pas ce qu'il peut arriver. Je peux avoir envie de me remarier. Et si tu es à ce moment-là en Amérique, ce sera toute une affaire.

JOHAN : Il y a anguille sous roche ?

MARIANNE : Te voilà bien curieux !

JOHAN : Mais dis-moi, Marianne ! Et si tu parlais un peu de toi ? Au lieu de me laisser bonimenter tout le temps.

MARIANNE : Encore un peu de vin ?

JOHAN : Merci. J'ai vraiment beaucoup mangé et beaucoup bu. Un petit peu de fromage, peut-être. Mais non, pourquoi changer d'assiettes ? Qu'est-ce que c'est que ce fromage, il a l'air sympathique.

MARIANNE : C'est du Bel Paese. Goûte-le.

JOHAN : Formidable. Mais tu n'y couperas pas. Comment ça va Marianne ? A en juger à ton air, à tes cheveux, à ta robe, à ton allure et à tes manières aimables, tu dois bien aller. Ce que je serais le plus curieux de savoir, évidemment, c'est si tu as un amant.

MARIANNE : Je vais faire le café. Car je suppose que tu veux du café.

Elle contourne la table, prend la tête de Johan entre ses mains, se penche sur lui et l'embrasse sur la bouche. Ils débarrassent ensuite la table tous les deux. Tandis que le café passe, Johan un peu mal à l'aise tourne en rond, s'arrête sur le pas d'une porte et regarde.

JOHAN : Tu as changé les meubles de place à ce que je vois.

MARIANNE : Et tu vois un inconvénient à ça ?

JOHAN : Bien sûr que non, quelle idée !

MARIANNE : Je me suis contentée d'emménager dans ton bureau.

JOHAN : Et qu'est-ce que tu as fait de mes affaires ?

MARIANNE (joyeuse) : Elles sont dans un garde-meuble. J'ai pensé que j'avais enfin le droit d'avoir une pièce à moi pour travailler. J'ai donc acheté quelques meubles, accroché de nouveaux rideaux et mes tableaux pour lesquels, ici, avant il n'y avait pas de place et que tu n'aimais pas. J'ai manqué aux règles du savoir-vivre ? tu trouves que j'aurais dû respecter une année de deuil ? J'ai fait mettre aussi le téléphone à mon nom.

JOHAN : Mais c'est très bien tout ça.

MARIANNE : Quelque chose tout de même t'a vexé.

JOHAN : Je t'assure que non. Je trouve que tu as très bien fait.

MARIANNE : Merci. Jusque-là, je m'étais toujours installée au secrétaire de la chambre à coucher lorsque je rapportais du travail à faire à la maison. Ce n'était pas très commode. Mais l'essentiel c'était que tu aies un bureau à toi, où tu puisses travailler sans être dérangé par les enfants. J'ai aussi changé de lit.

JOHAN : Et pourquoi ?

MARIANNE : J'ai failli devenir folle en tenant si peu de place dans cet immense lit. Comme tu le vois, c'est donc devenu un peu plus chaste ici.

JOHAN : Et où mets-tu ton amant ?

MARIANNE : Je trouve qu'en attendant, il est préférable qu'on se rencontre chez lui.

JOHAN : A cause des filles ?

MARIANNE : Comme tu es bête ! Les filles me harcèlent pour que je me remarie.

JOHAN : Ça alors !

MARIANNE : Un peu de café ?

JOHAN : Merci. C'est tout de même un appartement où l'on peut vivre.

MARIANNE (souriante) : Tu habites en banlieue ?

JOHAN : Nous habitons une ruche en béton. Au dixième étage. Avec vue sur une autre ruche en béton. Dans le hall titubent des gosses de treize ans qui se saoulent à la bière et qui s'amusent à démolir des retraités. L'immeuble craque de partout. Il y a tellement de courants d'air sous les fenêtres que les rideaux flottent comme des drapeaux au vent. Dernièrement, j'ai dû aller pendant deux semaines chercher de l'eau à un robinet. Pas un W.-C. ne fonctionnait. On évite de prendre le métro après vingt heures. Et au milieu de tout ça, il y a un truc qu'un architecte dingue a baptisé « piazza » ! Ne crois pas que je me plaigne. Je trouve ça plutôt intéressant. Puisque ça ressemble surtout à l'idée que je me fais de l'enfer.

MARIANNE : Tu crois à l'enfer, toi ?

JOHAN : L'enfer est un endroit où plus personne ne

croit à une solution. Mais Paula s'y plaît. Elle dit que tout cela correspond à l'image qu'elle se fait du monde. Et que ça la rassure. Pour moi, l'endroit où j'habite m'est en quelque sorte égal puisque je considère toute demeure comme passagère. Il faut trouver son assurance en soi.

MARIANNE : Et tu la trouves ?

JOHAN : Tant que je suis resté ici, je ne l'ai pas trouvée. Tout ce qu'il y avait autour de nous avait pris une telle importance. Et notre assurance tenait à un ensemble de rites.

MARIANNE : Je ne te comprends pas.

JOHAN : Mais si, toute notre assurance reposait sur des choses qui étaient en dehors de nous. Nos biens, notre maison de campagne, l'appartement, les amis, l'argent, la nourriture, les fêtes, les parents.

MARIANNE (inquiète) : Pourquoi ne nous sommes-nous pas témoigné plus de tendresse, Johan ? Pourquoi ne nous embrassions-nous presque jamais ? Pourquoi ne nous caressions-nous que lorsque nous faisions l'amour ? Pourquoi étions-nous si peu câlins avec les enfants ?

JOHAN : Tu sais à quoi elle ressemble mon assurance ? Je vais te le dire. Je pense que la solitude est totale. S'imaginer autre chose est une illusion. Prends-en conscience. Et tâche d'agir en conséquence. Ne t'attends qu'à des emmerdements. Si quelque chose de bien arrive, tant mieux. Mais ne crois jamais que tu pourras vaincre la solitude. Elle est absolue. Tu peux faire comme s'il existait une communion sur différents plans, mais cela restera un faux-semblant religieux, politique, amoureux, artistique, etc. La solitude n'en demeurera pas moins totale. Le plus sournois, c'est quand il t'arrive de croire qu'il y a communion. Prends conscience que c'est un leurre. Tu éviteras ainsi d'être déçu, plus tard, lorsque tout rentre dans l'ordre. Il faut vivre en sachant que la solitude est totale. Alors, on cesse de se plaindre et de gémir. Alors, on l'a vraiment son assurance et on apprend à accepter l'absurde avec une certaine délectation. Je ne veux pas dire par là qu'il faut s'en contenter. Je crois qu'il faut faire son travail le mieux qu'on peut. Mais pour la seule raison qu'on se porte mieux quand on fait ce qu'on peut plutôt que lorsqu'on renonce.

MARIANNE : Je voudrais en être aussi sûre que toi.

JOHAN : Tout n'est que paroles ! On formule pour exorciser le grand vide. D'ailleurs, c'est bizarre. As-tu réfléchi au fait que le vide fait mal ? On aurait pu croire qu'il donnait le vertige ou d'autres malaises. Mais il brûle comme un feu. Ou comme lorsqu'on est gosse et qu'on vient de pleurer et que tout le corps vous fait mal en dedans. Il m'arrive de m'étonner de l'ardeur politique de Paula, elle est inouïe. A la fois authentique et profonde, dans son groupe, elle n'arrête pas. Sa conviction lui apporte une réponse à ses questions et comble le vide. J'aimerais pouvoir vivre comme elle. Sincèrement, je le pense, sans aucune ironie. (Il se penche en avant.) Pourquoi ce sourire moqueur ? Tu trouves que je raconte des balivernes ? Moi aussi, je te dirai. Mais ça ne fait rien.

MARIANNE : Je ne comprends pas de quoi tu parles. Tout ça me paraît tellement théorique. Je ne sais pas pourquoi. Peut-être parce que je ne parle jamais de ces grandes choses. Il me semble que je vis à un autre niveau.

JOHAN (avec méchanceté) : Un niveau plus élevé. Un niveau spécialement réservé à des femmes ayant une vie sentimentale privilégiée et une adaptation plus satisfaisante, plus terrestre aux mystères de la vie. Paula aussi se métamorphose parfois en prêtresse de la vie. C'est toujours après avoir lu un nouveau bouquin sur quelque extraordinaire prédicatrice du nouvel évangile de la femme.

MARIANNE : Je me souviens que tu as toujours beaucoup parlé. Je me souviens que ça me plaisait et je ne m'occupais pas de ce que tu pouvais raconter quand tu te lançais dans ces théories. A t'entendre, on dirait que tu es en quelque sorte déçu.

JOHAN (doucement) : Ce n'est que ce que tu crois ?

MARIANNE (doucement) : Il faut que tu saches que je pense presque sans arrêt à toi et que je me demande : Est-il content,. est-il seul, a-t-il peur ? Plusieurs fois par jour, chaque jour je me demande : Quelle erreur ai-je bien pu commettre pour que ça tourne comme ça entre nous ? Je sais que c'est enfantin de penser comme ça, mais c'est comme ça que je pense. Parfois, je crois avoir trouvé la solution. Et puis elle m'échappe.

JOHAN (sarcastique) : Pourquoi ne vas-tu pas voir un psychiatre ?

MARIANNE : Je vois un médecin qui est aussi psychiatre, nous avons un entretien une ou deux fois par semaine. On se rencontre aussi quelquefois en dehors de son cabinet.

JOHAN : C'est lui ton amant ?

MARIANNE : On a couché une ou deux fois ensemble, mais ça n'a pas marché. Alors on a arrêté avec ce genre de tentatives et nous nous consacrons entièrement à ma vie psychologique qui est tellement intéressante.

JOHAN : Et à quoi êtes-vous arrivés ?

MARIANNE : A rien. J'essaie surtout d'apprendre à m'exprimer. Et puis, je me suis aussi débarrassée de tes meubles et je me suis installée dans ton bureau. Si tu savais comme cela m'a donné mauvaise conscience. Et je me trouvais en même temps incroyablement hardie.

JOHAN : C'est tout de même un résultat. (Il bâille.)

MARIANNE : Tu te sens fatigué ? Quel formidable bâillement !

JOHAN : Le vin, tout simplement. Excuse-moi. Et puis je dors mal. Et j'ai dû me tendre terriblement à l'idée de cette rencontre.

MARIANNE : Si tu veux rentrer, je n'y vois aucun inconvénient.

JOHAN : Comme tu es bête. On ne pourrait pas être un peu naturels ?

MARIANNE : Si tu veux t'allonger et dormir un moment, tu le peux. Je te réveillerai dans une heure.

JOHAN (souriant) : Ne me rebats pas les oreilles avec cet unique et malencontreux bâillement. Je n'ai aucune envie d'aller me coucher. Sois gentille et raconte-moi plutôt les aventures de tes découvertes intérieures. C'est autrement intéressant. Je te le jure.

MARIANNE : Il n'y a vraiment pas grand-chose à raconter. Mais j'ai tout de même découvert une chose intéressante. Seulement je n'en ai pas parlé au docteur, car je ne l'ai trouvée qu'hier soir.

JOHAN (plutôt ennuyé) : Vraiment, mais c'est intéressant ça.

MARIANNE : Mon docteur m'a dit de noter tout ce qui me passait par la tête. Des trucs en vrac. N'importe quoi. Des rêves, des souvenirs, des réflexions. Je n'ai pas encore écrit grand-chose. C'est difficile d'écrire quand on n'en a pas l'habitude. On est tellement gauche quand on commence et on se trompe tout le temps de mot et après on trouve que ça n'a aucun sens.

JOHAN (poliment) : Tu ne veux pas lire ce que tu as écrit hier soir ? Ça me ferait vraiment très plaisir d'entendre.

MARIANNE : Tu veux vraiment ? C'est sûr ? Alors, attends un peu, je vais aller chercher mon cahier. J'ai écrit pendant des heures, et je ne me suis endormie qu'à trois heures. Ce matin j'étais laide à faire peur et je me suis dit que c'était bien ma chance, aujourd'hui justement que j'allais te retrouver après tout ce temps.

Au cours de ce qui précède, elle est allée dans son bureau pour chercher le cahier (un gros cahier à couverture en toile cirée). Elle revient toute joyeuse, excitée et souriante. Elle s'assied et allume une lampe pour pouvoir lire.

JOHAN : Tu es vraiment terriblement jolie.

MARIANNE : Non, ne commence pas à me faire des

compliments. Maintenant, tu dois t'intéresser à ma vie intérieure. Assieds-toi, je t'en prie.

Mais Johan l'a rejointe et il l'enlace. Il l'embrasse longuement et chaleureusement sur la bouche. Elle reste assise, le visage levé, les yeux fermés et elle se laisse embrasser. Quand il met la main sur son sein, elle s'écarte et lui retire sa main.

MARIANNE : Non, pas comme ça. Assieds-toi et sois gentil, je vais te faire la lecture.

JOHAN (souriant) : Une bonne chose n'en empêche pas nécessairement une autre.

MARIANNE : Je n'ai pensé qu'à ça. Qu'est-ce que ça donnerait si on couchait ensemble ce soir ? J'en ai eu envie et je me suis excitée en y pensant. Mais j'ai réfléchi ensuite à comment ce serait après. Je veux dire quand tu seras retourné là-bas. Je resterai de nouveau à languir après toi. Et je ne le veux pas. Je t'aime Johan. Tu ne le comprends pas ? Parfois, je te hais à cause de ce que tu m'as fait. Et parfois, il se passe des heures sans que je pense à toi. C'est merveilleusement reposant. Non, je me trouve bien comme ça de toutes les façons. J'ai des amis et j'ai même un amant. J'ai mes enfants et j'ai un travail qui m'occupe et que j'aime. Je ne suis pas à plaindre. Mais je suis attachée à toi. Je ne sais pas à quoi ça tient. Je suis peut-être une masochiste perverse à moins que je ne sois du type fidèle qui ne s'attache qu'une fois dans sa vie. Je ne sais pas. C'est tellement difficile, Johan. Je ne veux pas vivre avec quelqu'un d'autre. Les autres hommes m'ennuient. Je ne dis pas ça pour te donner mauvaise conscience ou te soumettre à un chantage sentimental. Je te raconte seulement comment c'est. C'est pour ça que si tu commences à m'embrasser et si nous faisons l'amour, ça redeviendra insupportable. Parce que alors, je m'ouvre complètement. Je ne peux pas expliquer ça autrement. Et toi, après, tu t'en iras et je serai de nouveau seule. Maintenant que je te tiens un peu à distance, ça va. C'est même très agréable. Mais évitons de nous toucher. Parce que alors, ça devient tout à fait impossible et toi, après, tu t'en iras.

JOHAN : Je t'aime toujours. Tu le sais.

MARIANNE : Pourquoi dis-tu ça, puisque ce n'est pas vrai ?

JOHAN : Pourquoi mes sentiments pour toi auraient-ils changé ? Tu ne crois donc pas que pendant tout ce temps, j'ai eu presque tous les jours envie de revenir chez toi. On était bien ensemble. On était amis, on s'amusait, on se sentait bien. Et si ça nous plaît maintenant de faire l'amour pourquoi ne le ferions-nous pas ? Ça prouve seulement que nous avons toujours envie l'un de l'autre. Pourquoi toutes ces réserves, Marianne ? Pourquoi penser à ce qu'on éprouvera demain ? N'est-ce pas parfaitement idiot ?

Marianne s'abandonne. Il l'embrasse à plusieurs reprises. Il la caresse de plus en plus violemment. Le cahier tombe par terre. Johan attire Marianne vers lui et commence à lui défaire son corsage. Alors, elle se dégage, se redresse, rejette ses cheveux en arrière et reboutonne son corsage. Elle secoue la tête.

MARIANNE : Non, je ne veux pas. Non, non, absolument pas. Je ne veux pas rester ici à languir, à pleurer et à t'attendre. Sois gentil et comprends-le. C'est comme je te le dis. Il ne pourrait rien arriver de plus idiot. Si tu t'entêtes, il vaut mieux que tu partes. C'est la vérité, Johan. Je ne veux pas coucher avec toi. Je te l'assure. Sois gentil, essaie de comprendre !

JOHAN : Je vais essayer de comprendre bien que je n'y comprenne rien. Bon, alors je vais m'asseoir et tu vas me verser un cognac et un peu plus de café. Puis nous passerons à la lecture à haute voix et ensuite je rentrerai chez moi à une heure convenable, j'appellerai Paula à Londres et je lui raconterai que je suis allé au théâtre.

Marianne lui tapote la joue avec quelque tristesse. Ils sont tous les deux gênés et émus. Elle va chercher le cognac et il se verse une tasse de café. Ensuite, il sort sa pipe et la bourre. Marianne met ses lunettes. Ils lèvent leurs verres pour plaisanter. Marianne est au bord des larmes mais elle parvient à se ressaisir. Il faut à Johan plusieurs allumettes pour qu'il arrive à allumer sa pipe. Marianne feuillette les pages de son cahier.

MARIANNE : Maintenant, ça me paraît complètement idiot. Je n'ai plus qu'une envie, aller me cacher. Et pleurer.

JOHAN : Si tu veux, je m'en vais maintenant. Et on pourrait se voir demain et aller dîner au restaurant ou quelque chose comme ça.

MARIANNE : Ça vaudrait peut-être mieux. Mais non, reste, il le faut. D'ailleurs demain, je n'ai pas le temps.

JOHAN (gentil) : Allô ! Je t'aime beaucoup.

MARIANNE (gentille) : Allô ! Je me conduis comme une gamine.

JOHAN (gentil) : Oui, mais maintenant tout va bien. On a la situation en main. On a passé le cap.

MARIANNE : C'est tellement mal écrit que j'ai du mal à me relire. Bon, le début n'a pas d'importance. (Elle lit.) Hier soir, j'ai été envahie par une gaieté presque orgueilleuse et pour la première fois depuis le début de cette année, j'ai retrouvé mon ancienne joie de vivre, j'attends avec curiosité ce que cette journée pourra m'apporter (elle saute) ainsi de suite. (Elle reprend.) Soudain, je me suis retournée et j'ai regardé la vieille photo de classe de mes dix ans. C'était comme si je venais de découvrir quelque chose d'insaisissable mais qui m'attendait là depuis longtemps. J'ai été obligée de constater avec étonnement que *je ne sais pas qui je suis.* Absolument pas. J'ai toujours fait ce qu'on m'a dit de faire. Aussi loin que je remonte, j'ai toujours été obéissante, disciplinée, jusqu'à l'effacement. En y réfléchissant bien, j'ai eu quelques tentatives de rébellion lorsque j'étais toute petite. Mais maman punissait avec une sévérité exemplaire tout manque aux convenances. Toute mon éducation et toute celle de mes sœurs ne visaient qu'à nous rendre *agréables*. J'étais plutôt laide et gauche et on n'arrêtait pas de me le dire. Petit à petit, je me suis rendu compte que si je dissimulais mes pensées, si je me faisais insinuante et prudente, cette attitude me rapportait. Mais le grand mensonge eut lieu à l'époque de la puberté. Tout ce que j'éprouvais, tout ce que je faisais, tournait autour de l'érotisme. Je n'en ai rien laissé paraître ni à mes parents, ni à personne. Après, mensonges et secrets s'amplifièrent naturellement. Mon père voulait que je fasse comme lui du droit. Je laissais entendre quelquefois que je voulais être comédienne. Ou du moins, que je voulais me consacrer au théâtre d'une manière ou d'une autre. Je me souviens qu'on s'est beaucoup moqué de moi. Et depuis, c'est toujours pareil. Dans mes rapports avec les autres. Dans mes rapports avec les hommes, toujours la même dissimulation. Toujours les mêmes efforts désespérés pour plaire. Jamais je n'ai pensé : Voilà ce que je veux, *moi*. Mais : Que veut-*on* que je veuille ? Autrefois je croyais que c'était de l'altruisme, mais non, c'était de la lâcheté et pire encore, cela prouve que j'ignorais absolument qui je suis. Ma vie n'a jamais été un drame. Je ne suis pas douée pour ça. Mais pour la première fois tout mon être est passionnément tendu à l'idée de savoir ce qu'au fond, je veux faire de moi. Dans ce monde protégé où nous avons tous les deux vécu, Johan et moi, de façon tellement inconsciente, comme si tout allait de soi, existait implicitement une cruauté, une brutalité qui plus j'y pense m'effraie. Pour s'acheter une sécurité extérieure, ce monde exige un prix très élevé : accepter la destruction permanente de sa personnalité. (C'est surtout valable, je crois, pour les femmes, les hommes ayant des marges un peu plus grandes.) Il n'est pas difficile de déformer dès le départ les tentatives d'un enfant qui veut se faire valoir. Dans mon cas, cela s'est passé grâce à l'injection d'un poison efficace à 100 % : la mauvaise conscience. D'abord, vis-à-vis de maman, puis, vis-à-vis de mon entourage et pour finir, mais ce ne fut pas le moindre, vis-à-vis de Jésus et de Dieu. Et tout à coup, j'entrevois qui j'aurais pu être si je ne m'étais pas soumise à ce lavage de cerveau. Je me demande désormais si je suis irrémédiablement perdue. Si toutes les possibilités de joie qu'il y avait en moi à l'origine, tant pour moi que pour les autres, sont mortes ou si elles ne sont qu'assoupies et peuvent être encore réveillées à la vie. Je me demande quelle femme et quelle épouse j'aurais été si j'avais pu exploiter mes ressources selon leurs propres destinations. Est-ce qu'en ce cas, Johan et moi nous nous serions mariés ? Oui, certainement, car si j'y pense tout à fait sincèrement, nous nous aimions profondément et ardemment. Notre erreur fut de ne pas prendre nos distances par rapport à nos familles et de ne pas nous éloigner pour créer quelque chose de valable à partir de nos propres données.

Marianne termine sa lecture, elle lève les yeux audessus de son cahier. Johan est assis, la tête penchée en avant, il respire profondément. Il dort. Elle a un triste petit sourire et repose son cahier sans faire de bruit. Elle vide ensuite son verre de cognac et va dans la cuisine en faisant attention à ne pas le réveiller. Elle commence à ranger la vaisselle dans la machine. Le téléphone sonne. Elle rentre rapidement dans le bureau et répond en parlant tout bas.

MARIANNE : Allô. Ah, c'est toi ? Mais on avait dit que tu ne m'appellerais pas ce soir. Tu es jaloux ? Je te jure qu'il n'y a pas de quoi. Tu trouves que j'ai une drôle de voix ? Comment ? Non, il est assis. Il est assis au salon, sur le sofa et il dort comme un enfant. Oui, c'est promis. La conversation l'a épuisé. Non, je ne pense pas que tu doives venir. Ne fais pas l'enfant, David. On se verra demain soir. Ne pourrait-on pas dîner au restaurant et aller ensuite au cinéma ? Ça fait longtemps. Très bien. Tu m'appelleras demain comme d'habitude. Si ma voix est un peu curieuse, il n'y a rien d'étonnant à ça. Tu ne veux tout de même pas que je roucoule au téléphone. Je ne sais pas si Johan s'est réveillé. Non. David ne sois pas idiot. (Elle rit.) C'est ça. Maintenant, je vais aller réveiller mon chevalier servant et lui dire mille mercis pour cette bonne soirée et après je le renverrai immédiatement dans ses foyers. Tu peux appeler dans une heure. Alors, on dit comme ça ? C'est bien. A tout à l'heure. Qu'est-ce que tu dis ? Non, il n'a même pas essayé de m'embrasser, tu peux être tout à fait tranquille. Tout s'est déroulé sans la moindre passion. A tout à l'heure.

Marianne réveille Johan avec douceur. Il est extrêmement gêné, il se passe plusieurs fois la main sur le visage.

JOHAN : Merde alors, je me suis endormi. Je trouvais que ce que tu me lisais était extrêmement intéressant. Excuse-moi, je t'en prie. Ne pourrais-tu pas m'en lire d'autres passages ? Je comprends que tu te sois sentie terriblement vexée, mais ne pourrais-tu pas quand même m'en lire un peu plus ?

MARIANNE : Je trouve que tu devrais maintenant aller dormir. (Souriante.) Non, je ne suis pas du tout vexée. Je te le jure.

JOHAN : Oui, c'est peut-être préférable que je rentre maintenant.

Ils restent face à face, un peu tristes et désemparés. Il joue avec sa pipe. Elle tient une tasse de café à la main.

MARIANNE : Donne de temps en temps de tes nouvelles. Ne serait-ce que pour les enfants.

JOHAN : Oui, oui, bien sûr.

MARIANNE : Tu sais que tu es toujours le bienvenu.

JOHAN : Si seulement Paula n'était pas si atrocement jalouse. Mais après tout, elle a des raisons. Elle est aussi à plaindre.

MARIANNE : Quand penses-tu avoir des nouvelles pour ton voyage ?

JOHAN : Ça devrait être fait dans un mois ou deux.

MARIANNE : Tu me tiens au courant ?

JOHAN : Je peux te téléphoner. Ou alors, je t'écrirai.

MARIANNE : Et qu'est-ce que tu crois qu'on doit faire pour le divorce ? Il faut tout de même se décider.

JOHAN (fatigué) : Tu as l'intention de te remarier ?

MARIANNE (fatiguée) : Comment veux-tu que je le sache maintenant ?

JOHAN : Je préférerais qu'on attende un peu pour prendre une décision. Tu n'es pas de mon avis ?

MARIANNE : Je n'ai pas d'avis. Parfois, je suis tout à fait désespérée. Et je veux alors divorcer, sans attendre. Et parfois je pense avec un peu d'espoir qu'il existe peut-être une possibilité de poursuivre.

Ils vont finalement dans l'entrée. Marianne est maintenant très triste. Johan l'enlace, il est lui aussi dans un profond désarroi. Soudain, ils commencent à s'embrasser. Marianne s'accroche à lui. Ils cognent le mur en chancelant. Sourires.

MARIANNE : Cette nuit, tu dors chez moi. Non ?

JOHAN : Cette nuit, je dors chez toi. Je pense bien.

Ils se couchent et se caressent longuement avec beaucoup de tendresse, et sans dire un mot. Puis le téléphone sonne dans le bureau.

MARIANNE : Laisse courir le téléphone.

JOHAN (un peu contrarié) : C'est peut-être ton amant. Qu'est-ce qu'il peut bien vouloir à cette heure-là ? Est-ce qu'il sait que je suis là ?

MARIANNE : Bien sûr qu'il le sait.

JOHAN : Il est obstiné le gars.

MARIANNE : Je crois que je vais quand même aller lui répondre.

Le téléphone continue à sonner. Marianne se lève rapidement et passe une robe de chambre. Johan la voit entrer dans le bureau — elle laisse la porte ouverte — il suit la conversation.

MARIANNE : Salut. Je ne peux pas parler maintenant. Oui, Johan est encore là. — Si tu tiens à le savoir, nous sommes au lit. Je comprends. Que veux-tu que je te dise. Je suis désolée, vraiment. Je ne sais pas. Tu serais gentil de ne plus téléphoner. Oui, je veux dire, en général. Mais *pour une fois* essaie de réagir en adulte. Tout cela est bien ennuyeux, je te l'accorde, mais je ne veux vraiment plus continuer à parler maintenant. Adieu, David, soigne-toi bien.

Elle repose rapidement le combiné et dans sa longue robe de chambre rouge, ses cheveux défaits sur ses épaules, l'index de sa main droite appuyé contre sa joue, elle reste un moment songeuse. Une lampe allumée sur la table l'éclaire. Puis, elle a un petit rire sec, elle éteint la lampe et revient s'asseoir près de Johan sur le bord du lit. Elle sourit.

JOHAN : Je n'ai pas pu ne pas entendre.
MARIANNE : C'était exprès.
JOHAN : Si j'ai bien compris, c'était l'amant.
MARIANNE : C'était celui qui est désormais l'ex-amant.

JOHAN : Tu n'avais pas besoin de lui dire que j'étais là.

MARIANNE : Tu voulais peut-être que je lui dise de venir. Il semblait y tenir.

JOHAN : Tu es amoureuse de lui ?

MARIANNE (le regarde longuement) : Tu poses parfois des questions tellement bêtes qu'on n'a qu'une seule envie, c'est de te tuer sur-le-champ.

JOHAN : Excusez-moi, je vous en prie.

MARIANNE : Si tu veux savoir où j'en suis sur ce plan, je veux bien te raconter.

JOHAN : Tu es fâchée ?

MARIANNE : Je ne suis pas fâchée, je suis au bord des larmes. Mon grand défaut, c'est de ne pas savoir me fâcher. J'espère qu'un jour j'y arriverai et ce sera terrible, parce que je trouve que j'ai des raisons de le faire. Je crois sincèrement que ça changerait ma vie. (Un silence.) Mais maintenant, il n'est pas question de ça. (Elle pousse un léger soupir.) Le jour où tu m'as quittée, je ne pensais qu'à une chose : mourir. Ce matin-là, j'errais d'une pièce à l'autre. C'était l'aube. Je me disais : Je n'y survivrai pas. Et dans un brusque accès de vengeance, je voulais aussi que les enfants meurent. Et puis Karin s'est réveillée, elle avait des nausées, elle a vomi. Je dois te dire que cela a été une bénédiction. Après, la rubéole s'est déclarée et rien de mieux ne pouvait arriver. Car elle a été vraiment très malade. Elle a eu aussi une petite pneumonie. J'ai donc été occupée du soir au matin et le jour, il y avait mon travail au bureau. Pas le temps de penser. Après, j'ai eu un ulcère à l'estomac et ça aussi a été un bien, même si je me suis sentie plutôt mal. (Un silence.) Et puis les semaines ont passé. C'est là que j'ai rencontré mon docteur, à un dîner. Il n'avait rien de très attrayant. Mais il me faisait la cour, et il me parlait de moi. Alors, j'ai laissé faire. Après, pour tout dire, je suis allée de gauche à droite. Il y a eu des moments où j'étais prise d'une fringale érotique presque démente. Je me suis procuré un appareil de massage et pour me soulager, je lisais de la porno, mais ça n'a fait qu'aller de mal en pis. Rien n'y faisait. Et tu sais pourquoi ? Parce que je t'étais tellement attachée que chaque fois qu'il y avait quelqu'un d'autre dans mon lit, je ne faisais que penser à toi. Je ne te dis pas ça pour te donner mauvaise conscience, mais seulement pour que tu voies comment c'était. Puisque tu m'as demandé d'être franche. D'ailleurs ces hommes me fatiguaient, et pas seulement au lit — ça pouvait être parfois assez agréable, le temps que ça durait, surtout si on avait bu — mais tout ce qu'ils racontaient me fatiguait aussi. Toi et moi, on a toujours été bien ensemble, qu'on parle ou qu'on travaille ou que simplement on se taise. J'étais lasse de leurs discours, de leurs corps, de leurs gestes et de leurs initiatives. Je les trouvais ridicules, et ils me faisaient pitié. (Un silence, elle réfléchit.) Et s'il faut tout dire, tout cela m'humiliait un peu. (Nouveau silence.) Et puis, j'ai rencontré David, il était un peu différent. Plus jeune que moi et assez enfantin. En tout cas, il ne ressemblait pas aux autres. De plus, il était plutôt sauvage. J'avais du mal à me défendre, et j'ai été réellement un peu amoureuse de lui. Il était à la fois tendre et délicat et brutal et violent et j'ai été assez éprise, je l'avoue. Il était en plus gentil avec les enfants. On se plaît assez ensemble et les filles l'aiment bien. Ça n'allait pas trop mal et je commençais à t'oublier. (Elle reste assise, sans rien dire. Elle réfléchit.)

JOHAN : Et si je comprends bien, au lit ça marchait.

MARIANNE : Pas au début. Ça marchait très mal, parce que j'avais peur, il y avait une telle violence en lui, il attendait tant de choses de moi, il n'avait plus aucun égard, n'était plus délicat, plus rien du tout. Et puis, brusquement, j'ai trouvé ça merveilleux, qu'il ne fasse pas attention à moi, car après tout, il y faisait attention, d'une façon curieuse, intuitive. Je crois qu'il m'a trompée par-ci, par-là. Mais ça n'avait vraiment pas d'importance. Je n'ai jamais posé de questions.

JOHAN (sombre) : Et maintenant, tu viens de rompre. C'est pourtant dommage.

MARIANNE (grave) : Je ne sais pas si c'est dommage.

JOHAN : Vous allez peut-être vous réconcilier la semaine prochaine.

MARIANNE : Je ne sais pas si j'en aurai envie. Ce n'est pas lui que je désire. Tout à l'heure, tu as parlé de solitude. Quand tu as dit qu'il faut prendre conscience qu'on est seul. Je ne crois pas à ton évangile de la solitude. Je trouve que c'est une marque de faiblesse.

Pendant tout ce temps, Marianne est restée assise au pied du lit, le dos appuyé contre le montant. Elle lève maintenant les mains pour se couvrir le visage dans un geste de désarroi.

JOHAN : Qu'est-ce qu'il y a ? (Un silence.) Qu'est-ce qu'il y a, Marianne ?

MARIANNE : C'est tellement humiliant.

JOHAN (après un silence) : Qu'est-ce qui est humiliant ?

MARIANNE : Je ne sais pas. (Elle se reprend.) Je pense à l'avenir, et puis je pense à toi et à moi. Je ne vois pas comment tu t'en sortiras sans moi, dans ce monde. Je suis parfois tout à fait désespérée et je me dis : *Je dois prendre soin de Johan.* Je suis responsable de lui. Ma mission est de veiller à ce que Johan soit bien. Ce n'est que comme ça que ma vie aura un sens. On ne peut pas vivre seul et être fort. Il faut qu'il y ait quelqu'un à qui on puisse tenir la main. Tu ne veux donc pas me comprendre ? Je crois que nous nous trompons ! Je crois que nous devrions travailler comme des forcenés à ressouder notre couple. Que pour chacun de nous, la grande, l'unique chance c'est ce lien qu'il y a entre nous. Que nous perdons notre temps. Il ne faut pas que tu t'en ailles sans moi pendant trois ans. Tu ne t'en sortiras jamais. Tu auras peur et tu seras complètement perdu si je ne m'occupe pas de toi. Je te demande pardon de pleurer, je n'en avais vraiment pas l'intention.

Johan s'est assis dans le lit, maladroit et désespéré, il caresse le genou de Marianne. Il est assis, la tête penchée en avant, profondément peiné et ému.

JOHAN : Je me suis demandé parfois ce qu'il y avait en moi qui ne tournait pas rond. Je me suis demandé pourquoi j'étais parti, pourquoi j'étais tombé amoureux de Paula et pourquoi je ne pouvais pas te revenir maintenant que c'était fini avec Paula. Mais je ne trouve pas d'explications. Je ne comprends rien. Je t'aime bien, tu le sais et il m'arrive de te regretter désespérément. Et pourtant, il y a comme une épaisse paroi de verre entre nous. Je te vois mais je ne parviens pas à te rejoindre. C'est comme du mépris — non, Marianne, non, ce n'était pas ce que je voulais dire. Ne prends surtout pas ça à la lettre. Je m'exprime si mal. Ce n'est pas la peine de donner des explications. On ne dit que ce qu'il ne faut pas dire. Maintenant, il faut que je m'en aille.

MARIANNE : Tu ne peux pas rester ? On pourrait être là, l'un contre l'autre, la main dans la main. Et on pourrait parler d'un tas de choses qui ne sont pas aussi importantes. Et on finirait par s'endormir.

JOHAN (cède) : Bon, comme tu veux. Je suis vraiment très las. Il faut seulement que j'aille aux W.-C.

Il se lève et quitte la pièce. Marianne retape le lit et entrouvre la fenêtre. Puis elle remonte le réveil. Elle va ensuite à la cuisine chercher une bouteille d'eau et deux verres. Johan est revenu.

JOHAN : J'ai retrouvé un de mes vieux pyjamas dans l'armoire. Agréables retrouvailles, tu sais.

MARIANNE : Alors, bonne nuit, Johan. Dors bien.

JOHAN : Dors bien.

Quelques heures se sont écoulées. Marianne se réveille, Johan a éclairé la lampe de chevet et il s'est levé.

MARIANNE : Qu'est-ce qu'il y a? Tu ne peux pas dormir?

JOHAN : Non, impossible. Il vaut mieux que je rentre. Ça m'angoisse de rester là. Excuse-moi.

Il commence à s'habiller. Marianne se lève à son tour. Elle ouvre le tiroir de la table de nuit et en retire une lettre qu'elle lui tend. Il s'arrête et, surpris, regarde l'enveloppe.

JOHAN : Mais c'est l'écriture de Paula.

MARIANNE : C'est une lettre que Paula m'a envoyée.

JOHAN : Qu'est-ce qu'elle a bien pu t'écrire d'embêtant?

MARIANNE : Tu n'as qu'à la lire. Cette lettre est arrivée avant son départ pour Londres. J'avais d'abord pensé ne pas te la montrer puisqu'elle ne le voulait pas. Mais maintenant, c'est plus fort que moi. Lis-la. Non lis-la maintenant, ici.

JOHAN (lit) : « Ma chère Marianne! Sans doute seras-tu surprise en recevant une lettre de moi, et je veux te dire très vite que je ne l'écris pas dans de mauvaises intentions. J'ai accepté cette mission à Londres pour pouvoir partir pendant une semaine et rompre ce cercle vicieux de jalousie et de suspicion. Je sais que dès que j'aurai tourné les talons, Johan viendra te voir. Tout ça est de ma faute puisque je l'ai délibérément empêché de vous voir, toi et les enfants. Si seulement il était possible de réparer ses erreurs. Si seulement il était possible de revenir en arrière. Si on pouvait effacer les souffrances dont on est la cause... »

Johan interrompt sa lecture. Avec un petit rire sec, il tend la lettre à Marianne.

JOHAN : C'est du Paula tout craché. Toujours aussi habile.

MARIANNE : Je crois qu'elle pense ce qu'elle écrit. Elle dit qu'elle veut que nous soyons amies. Qu'elle ne supporte plus cette hostilité et ce silence. Et à la fin, elle écrit : « Si Johan veut revenir à sa famille, je ne veux pas l'en empêcher. »

JOHAN : Comme c'est émouvant. Et le plus émouvant c'est encore que tu le crois.

MARIANNE : Sois gentil. Ne lui dis pas que je t'ai montré cette lettre.

JOHAN (reprend la lettre et lit) : « Johan est l'homme le plus doux, le plus tendre que j'aie jamais rencontré. Son problème c'est qu'il ne sait pas du tout où il en est. Il manque totalement de confiance en lui, bien qu'il veuille donner l'impression d'être fort et bien qu'il ne se plaigne jamais. » (Il interrompt sa lecture.) J'ai remarqué que finalement, on peut dire n'importe quoi de n'importe qui. Ça colle toujours d'une façon ou d'une autre. Tiens, reprends cette lettre.

Il finit de s'habiller sans rien dire. Il va dans le vestibule et enfile son manteau. Marianne, la lettre à la main, reste assise sur le lit, Johan revient dans la chambre, il est devant elle, il pose la main sur son épaule. Elle lève les yeux vers lui. Ils ne savent pas quoi se dire. Il effleure sa joue.

Elle embrasse sa main.

Il s'en va.

5

Les analphabètes

Un bureau neutre. Un soir au mois de juin. Johan est assis à sa table de travail, il lit un rapport. Il est enrhumé. On frappe à la porte. Avant que Johan ait eu le temps de répondre, Marianne entre en trombe.

MARIANNE : Excuse-moi d'arriver en retard. Mais papa a téléphoné juste comme je m'en allais et il n'en finissait pas. Je lui ai dit à plusieurs reprises que j'étais pressée, mais il n'a rien voulu entendre. Salut, comment vas-tu ?

JOHAN : Je suis enrhumé.

MARIANNE : Oui, tu n'as vraiment pas l'air bien.

JOHAN : Ça a commencé par un mal de gorge et je me suis dit que ça n'allait pas durer. Après, j'ai eu un rhume épouvantable qui est descendu dans les bronches. Et maintenant, je passe mes nuits à tousser. Je me sens mal fichu et j'ai de la fièvre. J'aurais préféré décommander ce rendez-vous. Mais puisque tu pars pour l'étranger et qu'il faut qu'on remette ces papiers au tribunal avant ton départ...

MARIANNE : Mon pauvre Johan, comme je te plains. Paula prend bien soin de toi, au moins ?

JOHAN : Elle aussi a pris froid. Mais chez elle, c'est un genre de grippe intestinale. Tout ça, c'est très romantique !

MARIANNE : Ça va passer, tu verras.

JOHAN : Tu as l'air en pleine forme, toi.

MARIANNE : C'est possible.

JOHAN : Il y a du nouveau ?

MARIANNE : C'est toujours agréable de partir en voyage. Et puis, c'est le printemps. J'ai un nouveau tailleur. Tu ne m'as d'ailleurs pas dit comment tu le trouvais. N'est-ce pas qu'il est joli ? Il est vrai que sous cet éclairage, les couleurs ne ressortent pas très bien. Mais enfin, comment le trouves-tu ?

JOHAN : Oui, oui, il est très bien.

MARIANNE : C'est une bonne chose de pouvoir se rencontrer dans ton bureau. Je veux dire que comme ça, c'est plus vite fait.

JOHAN : Ce n'est pas un milieu très agréable.

MARIANNE : Parfait pour examiner ces papiers de divorce. Regarde. Là, c'est l'accord que Henning a rédigé. C'est exactement ce que nous avons convenu tous les deux.

JOHAN : Alors, je n'ai pas besoin de le lire.

MARIANNE : Il faut toujours lire avant de signer. Voyons Johan, ne fais pas cette tête.

JOHAN : Je ne fais aucune tête.

MARIANNE : Tu fais une tête longue comme ça. Ensuite, voici l'inventaire de ce que nous avons en commun et comment se fera le partage. Ce n'est que pour mémoire. Pas la peine de signer.

JOHAN : Il est écrit ici que c'est à toi que revient la pendule de ma grand-mère. C'est une erreur n'est-ce pas ?

MARIANNE : Mais voyons, Johan, elle me l'a donnée à moi. Nous en avons d'ailleurs déjà parlé.

JOHAN : Je ne me souviens absolument pas qu'on ait parlé de la pendule de ma grand-mère.

MARIANNE : Si tu y tiens tellement, tu n'as qu'à la garder. Mais elle est vraiment à moi.

JOHAN : Mais non, bon sang. Tu as raison naturellement, comme toujours. Prends la pendule si tu la veux. Je n'ai aucune envie de faire des histoires pour des riens. (Il tousse.)

MARIANNE : Y a-t-il autre chose que je me sois indûment approprié ?

JOHAN (avec aigreur) : Le sarcasme est de trop. Je suis enrhumé et je me sens à plat. Tu ne voudrais pas un verre de bon vieux cognac ?

MARIANNE : C'est exactement ce qu'il nous faut pour l'instant.

JOHAN : Egerman m'en a donné une bouteille. Il est allé faire une conférence à Paris et des collègues reconnaissants lui en ont offert toute une caisse. S'il te plaît. *Skål !* Eh bien, qu'en dis-tu ? Mon Dieu, ça fait vraiment du bien.

MARIANNE : Bon. Au fond, je n'aime pas le cognac. Mais celui-là, c'est tout à fait différent.

JOHAN : On se sent vraiment mieux.

MARIANNE (après un silence) : Ce n'est tout de même pas facile.

JOHAN : Qu'est-ce qui n'est pas facile ?

MARIANNE : De divorcer.

JOHAN : De la paperasse, c'est tout.

MARIANNE : Je trouve quand même que ce n'est pas facile. On est séparés depuis je ne sais combien de temps. On ne s'est pour ainsi dire jamais vus. On est d'accord. Et pourtant on est là, avec notre mauvaise conscience. Tu ne trouves pas Johan que c'est bizarre ! Tu ne trouves pas...

JOHAN (tristement) : Si, c'est bizarre.

MARIANNE : En venant ici, je me sentais de bonne humeur. J'ai pris la décision de ne pas pleurer. Je ne voulais pas me laisser influencer par cette situation.

JOHAN : Tu disais que tu avais mauvaise conscience.

MARIANNE : Ne pourrions-nous pas nous installer là-bas sur cette banquette et éteindre la lumière du plafond ? Comment peux-tu travailler dans une pièce aussi antipathique ?

JOHAN : La banquette n'est pas très confortable non plus.

MARIANNE : Mais si, on n'a qu'à mettre les jambes sur une chaise.

JOHAN : Comme ça, ça va ? Tu veux encore un peu de cognac ?

MARIANNE : Oui, merci. Tu es seul ici ce soir ? La maison est complètement vide ?

JOHAN : Il y a un veilleur de nuit.

MARIANNE : Comme c'est bien.

JOHAN : Bien ? Qu'est-ce que tu veux dire ?

MARIANNE : Je n'en sais rien, je trouve tout simplement que c'est bien.

JOHAN : Quand on est enrhumé, rien n'est bien.

MARIANNE : Arrête de gémir. Tu n'en mourras pas. *Skål*. C'est de mieux en mieux.

JOHAN : Tu es d'une bonne humeur qui fait envie.

MARIANNE : Je le crois aussi, mais je n'en suis pas tout à fait sûre. (Elle sourit.) A la vérité, je serais assez amoureuse.

JOHAN : Toujours ce David ?

MARIANNE : David ? Ah oui, David. Non, non c'est terminé.

JOHAN : Ah bon.

MARIANNE : J'ai aussi l'impression que je commence à me libérer de toi. Et c'est plutôt agréable. C'est même *très* agréable.

JOHAN : Qu'est-ce que tu entends par là ?

MARIANNE : Ne t'en occupe pas. Embrasse-moi.

JOHAN : Je suis enrhumé.

MARIANNE : Tu sais bien que je n'attrape jamais tes microbes. Embrasse-moi. Je le veux.

JOHAN (l'embrasse) : Bon, ça a été comme tu l'imaginais ?

MARIANNE : Encore mieux. (Elle déboutonne son corsage.) Maintenant, tu vas mettre ta main sur mon sein. C'est si bon.

JOHAN : Tu as l'intention de me séduire ?

MARIANNE : C'est précisément ce que je pense faire. Ici, précisément et en cet instant précis. Sur la moquette. Qu'est-ce que tu en dis ? Ce ne serait pas bien ? Pourquoi cet air soupçonneux ? Tu as peur du veilleur de nuit ? Malgré tout, on est encore mari et femme. Viens donc t'allonger sur moi. On devrait faire plus souvent l'amour par terre. Tu peux fermer la porte à clef ? Viens t'allonger, mon chéri. Alors, n'est-ce pas agréable? (Elle sourit.) Mon pauvre petit mari qui s'ennuie tant dans la vie. Allons, allons, on est bien comme ça, tu ne trouves pas? Embrasse-moi. J'ai toujours aimé quand tu m'embrasses. Maintenant, tu vas t'allonger et c'est moi qui viendrai dessus et nous jouirons en même temps. Ferme les yeux. Si tu me regardes, je ne me laisse pas aller. Et mets tes mains sur mes hanches. Voilà, très bien, comme ça. Comme c'est bon. Oui, oui. Et si le veilleur de nuit arrivait! (Elle sourit.) Eh bien, on lui dirait de venir aussi. C'est la grande liberté! Et on a la nuit devant nous. Et on ne fera que boire et faire l'amour. Et demain, on déposera nos demandes en divorce au greffe.

Après avoir fait l'amour, ils demeurent allongés sur le côté, tournés l'un vers l'autre. La main de Johan est sur la joue de Marianne. Elle a fermé les yeux mais elle sourit encore.

JOHAN : Je me demande à quoi tu penses.

MARIANNE : A quoi je pense? Eh bien, si tu savais.

JOHAN : Peut-être que tu as faim?

MARIANNE : J'ai toujours faim.

JOHAN : Et que dirais-tu d'un steak tartare et d'un grand verre de bière? Qu'est-ce que tu en penses? Ça ne te plairait pas?

MARIANNE : Mais tu n'as pas la permission d'aller au restaurant avec moi.

JOHAN : Ce soir, je suis censé être à Upsal avec mes élèves.

MARIANNE : Dans ce cas, je te permets volontiers de m'inviter à souper.

Ils sont gais, échevelés et un peu ivres. Ils arrangent un peu vêtements et visages.

MARIANNE : Y a-t-il des toilettes à côté?
JOHAN : A gauche dans le couloir. Tu trouveras tout de suite.

Marianne ouvre la porte fermée à clef et disparaît dans le couloir. Johan va jusqu'à son bureau et commence à bourrer sa pipe. Il l'allume en regardant distraitement la demande en divorce qui est étalée devant lui sur le bureau. Soudain, le veilleur de nuit surgit dans l'encadrement de la porte.

LE VEILLEUR DE NUIT : Bonsoir, monsieur le Professeur.
JOHAN (sursaute) : Ah mon Dieu! C'est vous. Bonsoir.
LE VEILLEUR DE NUIT : A ce que je vois, vous faites ce soir des heures supplémentaires.
JOHAN : Oui, si l'on peut dire.
LE VEILLEUR DE NUIT : Et c'est bien sûr la secrétaire qui est aux toilettes.
JOHAN : Comment? Ah oui, oui, c'est la secrétaire.
LE VEILLEUR DE NUIT : Alors, bonne nuit, monsieur le Professeur.
JOHAN : Nous allons nous en aller tout de suite.
LE VEILLEUR DE NUIT : Pour ce qui est de moi, vous pouvez bien rester toute la nuit.

JOHAN : Ce n'est pas notre intention.

LE VEILLEUR DE NUIT : En tout cas, bonne fête de la Saint-Jean.

JOHAN : Merci, vous aussi. Bonne nuit.

Le veilleur de nuit sort. Johan s'installe derrière son bureau et commence à lire, sérieusement cette fois, les demandes en divorce. Marianne entre sans faire de bruit, elle vient derrière lui et lit par-dessus son épaule.

MARIANNE : Ne pourrait-on pas signer cet accord et sortir ensuite pour fêter ça ? Ne serait-ce pas une bonne et digne façon de mettre fin à une longue et heureuse union ?

JOHAN : Je crois que je préfère rapporter les papiers à la maison et relire ça, à tête reposée.

MARIANNE : Que veux-tu dire ? On commencerait à apporter des modifications à l'accord, après toutes ces discussions ?

JOHAN : Tu as dit toi-même tout à l'heure qu'il ne fallait rien signer avant d'avoir soigneusement tout relu. N'est-ce pas ?

MARIANNE (avec irritation) : Bon, bon, bon, installons-nous l'un en face de l'autre et relisons tout ça de la première à la dernière ligne. Comme ça tu pourras voir que je ne t'ai pas fait d'entourloupettes. (Fâchée, elle s'assied.)

JOHAN : Pourquoi te fâches-tu ?

MARIANNE : Je ne me fâche pas du tout. Alors, on commence.

JOHAN : Mais si, mais si, tout à coup te voilà furieuse.

MARIANNE : D'accord, je veux bien. Je suis furieuse mais je vais essayer de me dominer, puisque j'ai toujours eu l'habitude de me dominer lorsqu'il s'agit de toi et de tes lubies. (Suave.) Laissons de côté ces raisonnements sans intérêt et passons à notre lecture. Il commence à se faire tard et demain aussi, je travaille.

JOHAN : Alors, on ne va plus dîner ?

MARIANNE : Merci. On laisse tomber. Je devrais déjà être reconnaissante de tous les bienfaits qui viennent de m'être accordés.

JOHAN : Je me demande qui, en ce moment, se laisse aller à ses lubies.

MARIANNE : Écoute-moi Johan. (Elle se domine.) Non, maintenant, on ne parle pas. Je sens que ça ne rimerait à rien. Je vais donc me dominer. (Suave.) Ainsi, nous mettons tous ces papiers dans leur enveloppe pour que tu puisses les rapporter chez toi et comme ça après, Paula et toi, vous pourrez, tous les deux, examiner à la loupe toutes les phrases pour bien vous assurer que je ne t'ai pas volé.

JOHAN : Mais voyons, Marianne, qu'est-ce qu'il te prend à la fin ?

MARIANNE : Rien.

JOHAN : Tout à l'heure on était si bons amis.

MARIANNE (se domine) : Précisément. A propos, n'oublie pas mardi, l'anniversaire d'Eva.

JOHAN : Est-ce dans mes habitudes d'oublier les anniversaires des enfants ?

MARIANNE : Non, cela n'est jamais arrivé puisque je te les rappelle en temps voulu. Je te serais reconnaissante si tu voulais bien lui payer le voyage qu'elle va faire en France cet été. Je n'en ai, en effet, pas les moyens.

JOHAN : Et ça coûte combien ?

MARIANNE : Je crois que ça va chercher dans les deux mille couronnes.

JOHAN : Tu n'y es pas, non ? Où veux-tu que je prenne tout à coup deux mille couronnes ? Tu n'y penses pas !

MARIANNE : Demande à ta mère.

JOHAN : Je ne lui ai déjà que trop emprunté.

MARIANNE : En tout cas, moi je n'ai pas d'argent. Le dentiste de Karin m'a déjà coûté plus de mille couronnes.

JOHAN : Mais est-ce qu'à l'école on ne leur donne pas des soins dentaires gratuits ?

MARIANNE : Tu sais aussi bien que moi pourquoi Karin refuse de se faire soigner les dents à l'école.

JOHAN : Eh bien, Eva n'a qu'à remettre son voyage à une autre année. Ça ne lui fera pas de mal d'apprendre que dans la vie on ne peut pas toujours avoir tout ce qui nous fait envie. C'est d'ailleurs incroyable ce qu'elle est gâtée. Et mal élevée. La semaine dernière elle est allée chez maman. Maman m'a téléphoné après, elle était plutôt choquée par les manières de cette gamine.

MARIANNE (cède) : Ta mère a vraiment dit ça ? Oui, c'est à désespérer. Seulement, elle est à l'âge le plus difficile.

JOHAN : Il ne faut rien exagérer, tu devrais pouvoir leur inculquer un peu de discipline à ces filles. Mais tu te laisses mener par le bout du nez.

MARIANNE : Figure-toi que ce n'est pas si facile. Elles

trouvent que je ne suis jamais à la maison pour m'occuper d'elles. Et pourtant, je fais mon possible pour être avec elles chaque fois que je le peux. Mais elles n'arrêtent pas de m'en vouloir. Comme si tout était ma faute.

JOHAN : Tu devrais te faire respecter. De toute manière, si tu les laisses faire n'importe quoi, elles ne t'en seront pas reconnaissantes pour autant.

MARIANNE : Qu'est-ce que tu me racontes ? Ce n'est pas mieux si j'ai leur confiance ? Parce que, figure-toi, nous parlons de tout quand nous sommes ensemble. Et ça me touche beaucoup. Après ça, toutes ces choses extérieures, leurs manières ou le fait qu'elles soient gâtées comme tu dis, on s'en fiche.

JOHAN : Je n'ai de toute façon pas l'argent pour payer le voyage en France d'Eva. Dis-le-lui de ma part.

MARIANNE : Tu n'auras qu'à le lui dire toi-même.

JOHAN : Pourquoi ? Elles t'ont été confiées. Je paie une grosse pension alimentaire, bougrement grosse, une pension que je ne peux même pas déduire de mes impôts et qui saigne mes finances à blanc. Alors, pas question d'avoir, en plus, toute une ribambelle de dépenses ridicules. Il n'en est en tout cas pas question dans ce contrat de divorce. N'est-ce pas ?

MARIANNE : Ce n'est pas la faute des enfants si nous avons des difficultés financières parce que tu es parti avec une autre.

JOHAN : Je ne croyais jamais avoir à entendre ça de ta bouche.

MARIANNE : Non, excuse-moi. J'ai eu tort de le dire.

JOHAN : Je t'en prie. Seulement, je parlerai à notre

fille. La seule difficulté c'est que nous ne pouvons pas communiquer. Quand elle vient me voir, elle se couche sur le divan et lit le journal de Mickey. Ou bien elle se couche de travers dans le plus confortable des fauteuils et elle regarde la télé. Si j'essaie de lui parler, elle me répond par monosyllabes comme si elle était une idiote. Et avec Paula, elle ne daigne même pas répondre. Pour te dire ce que je pense, je trouve cette môme affreuse. Les seules fois où elle consent à formuler gracieusement une réponse comprenant à la fois verbe, sujet et complément, c'est quand je l'achète en lui donnant de l'argent ou quand je l'invite au cinéma. Cela dit, elle ne se fait pas prier pour parler au téléphone avec ses amis, et alors, elle ne se refuse rien. Ça dure des heures. Mais pas question d'avoir des sentiments pour le père. Je dois quand même reconnaître qu'elle n'est pas désagréable à regarder. Non, avec Karin, c'est bien plus facile. Mais elle est d'une naïveté ! Tu ne crois pas qu'elle est un peu demeurée ? Moi, ça commence à m'inquiéter.

MARIANNE : Comme tu es ridicule quand tu parles comme ça des enfants. Ridicule et enfantin.

JOHAN : Justement. Ça ne m'amuse pas. J'ai commis l'erreur de les mettre au monde et depuis j'ai dépensé une fortune pour les entretenir. Ça suffit. Je refuse de jouer le rôle du père et je me donne la permission de détester les enfants autant qu'elles me détestent. Pourquoi serait-ce toujours à moi de faire le premier pas quand il s'agit de contact, d'amour et de tout le saint-frusquin. Non, je préfère jouer le rôle de tiroir-caisse vivant. Ça au moins, ça ne me donne pas mauvaise conscience, puisque pratiquement, je me tue à payer, toujours payer. Et c'est dans l'ordre des choses. Quand on fait une bêtise, il faut la payer. Et si, comme dans le cas présent, on en a fait deux, ça coûte le double. Franchement, je déteste ces filles sottes, mal élevées, bêtes, paresseuses et égoïstes qui sont les miennes. Je sais d'ailleurs que mon indifférence est réciproque. (Un silence.) Pourquoi ne dis-tu rien. Tu es fâchée ?

MARIANNE : Je réfléchis.

JOHAN : Tu réfléchis ?

MARIANNE : Tu n'étais pas comme ça avant. (Elle se hâte d'ajouter :) Je veux dire pour ce qui touche aux enfants. Tu te rappelles ? Comme tu étais content quand j'avais mon gros ventre. Et comme tu étais pressé que Eva ait une petite sœur ? Tu te rappelles comme tu m'aidais à en prendre soin ? On se partageait toutes les tâches si bien que la nurse qu'avait engagée ta mère en a donné son congé, de désespoir. Tu ne les quittais pas, tu jouais avec elles, tu leur faisais la lecture, tu étais tendre, gentil et patient. Bien plus patient que moi. Tu te rappelles comme tu étais inquiet dès qu'elles avaient le moindre bobo. Tu t'en occupais bien mieux que moi. Et elles t'aimaient. Tu te rappelles nos soirées du samedi, tous ensemble. (Avec tristesse.) Pourquoi est-ce que tout a tourné comme ça ? A quel moment ça s'est détraqué ? Quand est-ce que les enfants sont devenues indifférentes avec toi ? Et quand as-tu commencé à éprouver de l'indifférence pour elles ? Où est donc passé tout cet amour, toute cette sollicitude ? Et toute cette joie ? Rappelle-toi l'été où nous avons fait les côtes de la Méditerranée dans ta vieille guimbarde. Et où nous campions. Tu te rappelles ces nuits d'août sur la côte espagnole où nous dormions tous les quatre à la belle étoile, serrés les uns contre les autres. Tu te rappelles cette chaleur, ce bien-être qu'on éprouvait à être ensemble ?

JOHAN : Je ne pleure pas ce qui n'est plus. Les enfants grandissent. Les liens se dénouent. L'amour a une fin et la tendresse et l'amitié et l'esprit de communauté. Il n'y a rien d'extraordinaire à ça. C'est tout simplement comme ça.

MARIANNE : Il me semble parfois que toi et moi nous avons été comme des enfants qui ont d'abord mangé leur pain blanc, nous étions gâtés, nous étions privilégiés et nous avons gaspillé nos ressources et voilà que nous nous retrouvons brusquement démunis, pleins d'amertume et de méchanceté. Il faut que nous ayons commis quelque part une erreur, et il ne s'est jamais trouvé personne pour nous dire laquelle.

JOHAN : Je vais dire une banalité. Mais pour tout ce qui touche aux sentiments, nous sommes des analphabètes. Et c'est un fait regrettable qui n'est pas seulement valable pour toi et pour moi, mais pratiquement pour tous les hommes. Nous apprenons tout sur notre anatomie, tout sur l'agriculture en Nouvelle-Zélande, la racine carrée de pi, tout ce que tu voudras, mais sur notre âme, pas un mot. Nous sommes d'une ignorance stupéfiante tant en ce qui nous concerne qu'en ce qui concerne les autres. De nos jours, on dit un peu vaguement qu'il faut élever les enfants dans des idées d'humanité et de compréhension, des idées de coexistence, d'égalité, enfin tous les mots du vocabulaire à la mode. Mais personne ne s'est jamais dit qu'il fallait que nous apprenions d'abord quelque chose sur nous-mêmes et sur nos propres sentiments. Notre peur, notre solitude, notre colère. Sur ce chapitre nous sommes abandonnés, ignorants, remplis de mauvaise conscience et d'ambitions déçues. Il est presque inconvenant de donner conscience de son âme à un enfant. C'est tout juste si on ne nous regarde pas comme un vilain monsieur. Comment pourra-t-on jamais comprendre quelque chose aux autres, si on ne sait rien sur soi. Mais je vois que tu bâilles, la conférence est terminée. C'est d'ailleurs tout ce que j'avais à dire. Veux-tu encore un verre de cognac, et nous déciderons ensuite de ce que nous allons faire pour ce dîner ?

MARIANNE : Je veux bien. Je ne suis d'ailleurs absolument pas de ton avis, mais ça n'a pas d'importance. Je ne crois pas à toutes ces histoires de prise de conscience. A quoi bon angoisser davantage les gens qu'ils ne le sont déjà. Tu dis que cette connaissance est source d'assurance. Ce sont des mots ! Connaître c'est avoir une plus grande possibilité de choix et donc encore plus d'angoisse.

JOHAN (tousse) : Quelle sacrée toux ! Ah tiens, pendant que j'y pense, il faut que je te raconte quelque chose de drôle. Tu sais, le poste de « visiting professor » eh bien, c'est tombé à l'eau. Je m'en fous. Mais tout de même.

MARIANNE : Mais comme c'est ennuyeux Johan !

JOHAN (boit) : Je ne sais pas. Bien sûr que ça m'a donné un choc. Il y a eu, comme toujours, je ne sais quelles intrigues. On a d'abord commencé par retarder le voyage, et là, il n'y avait rien à en dire. Puis, tout à coup ils ont eu l'argent. Et c'est Akerman qui est parti. Et moi, j'ai été refait. Ce sont des choses qui arrivent. *Skål !*

MARIANNE : Mon pauvre Johan. Quand cela s'est-il passé ?

JOHAN : Au mois de mai. J'ai été obligé de demander un nouveau congé et ça n'a pas été facile. Ohberg a alors proposé que je m'adresse directement au ministère. Et pour finir ils ont dit que ce serait Akerman qui partirait à ma place. Ça, je sais bien qu'il a fait plus de recherche que moi ces temps derniers. Mais il y a eu évidemment des intrigues. C'est sûr.

MARIANNE : Mon pauvre Johan, comme c'est ennuyeux.

JOHAN (devient geignard) : Je ne comprendrai jamais cette mentalité. Il y a quelque temps, nous devions aller à un congrès à Oslo. Et voilà que tout à coup le ministère s'en mêle et décrète qu'on ne pourra pas y aller. Primo, il n'y a pas d'argent pour ça et secundo il faut qu'on reste pour faire nos cours. (Il boit.) Qu'est-ce que c'est que ces façons de parler ? On n'est quand même pas des gosses en mal d'école buissonnière. Je suis allé au ministère pour leur en dire un mot. J'ai demandé à voir le ministre mais M. le ministre n'avait pas le temps de me recevoir, j'ai dû me contenter de quelques sous-fifres. Et si tu les avais vus ! Je suis tout de même correct et beaucoup plus âgé. Eux, ils étaient là, en bras de chemise, la cigarette au bec, avec leur petit ton supérieur. Le secrétaire d'État est d'ailleurs un crétin. Ils se sont pratiquement fichus de ma tête. A la fin, je ne savais plus quoi dire et je suis parti. Voilà comment on vous traite aujourd'hui. Comme des zéros. (Il boit.) On tient désormais trop de place. Et puis on n'a pas la bonne étiquette. On n'est pas progressiste. On n'est pas gauchiste. Trop vieux. A bout de souffle. Il y a de quoi se marrer, je te jure. (Il boit.) Je vais avoir quarante-cinq ans cet été. Raisonnablement, je peux vivre encore trente ans. Mais objectivement, je suis déjà enterré. Pendant encore une vingtaine d'années, rien que du fait de ma présence, je vais rendre la vie intenable aussi bien à moi-même qu'aux autres. On me considère comme une unité coûteuse, improductive et qu'il faudrait rationnellement éliminer. Alors que ce sont, paraît-il, nos meilleures années. Celles où l'on pourrait être vraiment utiles. Où on a derrière soi un peu d'expérience. Mais non. Videz-moi cette merde ou bien qu'il se trimbale ce salaud jusqu'à ce qu'il en crève. Je suis fatigué Marianne, effroyablement fatigué. Si j'en avais le courage, je plaquerais tout et je m'en irais vivre à la campagne, je pourrais aussi demander un poste en province dans le secondaire. Je me dis quelquefois que ce serait agréable de... (Il boit.) Voilà où j'en suis. (Il rit.) Dans cette histoire, l'attitude de Paula est très ambivalente. Elle me dit parfois que je suis une chiffe et elle se met à faire ses valises. Je ne sais pas laquelle de ces solutions me soulagerait le plus. Je crois d'ailleurs qu'elle me trompe. Mais ça n'a aucune importance. Je ne suis, en principe, plus jaloux. Au fond, je ne suis plus rien. Je sais à peine qui je suis. C'est comme si on m'avait craché dessus et que je sois en train de me noyer dans ce crachat. (Il rit.)

MARIANNE : Comme c'est bizarre.

JOHAN : Qu'est-ce qu'il y a de bizarre ?

MARIANNE : Je suis là, je t'écoute. Je devrais raisonnablement éprouver quelque chose. Mais je ne sens rien. Un peu de pitié, peut-être. En venant ici, ce soir, j'ai eu brusquement l'idée de coucher avec toi pour voir si ça me ferait quelque chose. Je n'ai rien senti, qu'une gentille petite amitié. Tu sais ce que je crois, Johan. Je suis en train de me détacher de toi. Ça m'a pris beaucoup de temps et ça m'a fait très mal. Mais je crois que maintenant, je suis libérée et que je vais pouvoir commencer à vivre ma vraie vie. Ce n'est pas désagréable.

JOHAN : Félicitations.

MARIANNE : Je ne sais pas pourquoi je te dis ça. Et je suppose que c'est assez cruel de te le dire juste au moment où tu me racontes que tu as eu des ennuis. Mais c'est bizarre, je m'en fiche. J'ai eu beaucoup trop d'égards pour toi lorsque nous vivions ensemble. Je crois que ces égards ont tué l'amour. As-tu pensé que nous ne nous disputions jamais ? C'est un fait. Je crois même qu'on estimait que c'était vilain de se disputer. Non, nous on s'asseyait et on se mettait à parler raisonnablement. Et comme c'était toi qui en savais le plus long sur l'âme puisque tu avais lu le plus de livres, c'était toi qui me racontais ce que je pensais *vraiment*. Ce que j'éprouvais *au fond*. Je ne comprenais jamais de quoi tu parlais. Je ne sentais qu'un immense fardeau, comme un deuil. Si je m'étais permis de réagir autrement qu'avec de la mauvaise conscience, j'aurais su que tout ce qu'on se disait, tout ce qu'on se faisait, allait de travers. Tu te souviens après la naissance de Karin ? Quand tout à coup, on n'a plus pu faire l'amour. Eh bien on s'est gentiment assis et on s'est réciproquement démontré qu'il n'y avait rien de plus naturel que ça. Que c'était évident après ces deux grossesses coup sur coup. Et ensuite, tous nos raisonnements pour trouver une explication au fait qu'on n'avait plus aucun plaisir à faire l'amour ensemble. Ni toi ni moi, n'avons compris que c'était là des avertissements. Autour de nous, ça grouillait de feux rouges et de stops ! Mais nous, on trouvait que c'était dans l'ordre des choses. On se déclarait satisfaits.

JOHAN : Pour moi, ce genre de récit rétrospectif est absolument sans intérêt.

MARIANNE (crie) : Tes sarcasmes stupides me font bondir. C'est peut-être toujours toi qui décides de ce qui va ou de ce qui tombe bien ? Eh bien, moi, je trouve que c'est très bien fait pour toi si ça va mal. Je trouve que ça fait plaisir d'apprendre que Paula te trompe. Je trouve que tu peux aller te suicider si ça te plaît. Mais tu n'en as sûrement pas le courage, ce ne sont que des mots en l'air. Et voilà que tu pleures ! Ah non, alors, ça ne me touche pas ! C'est bien ton tour. A toi de souffrir maintenant ce que j'ai souffert.

JOHAN (avec calme) : Nom de Dieu, comme je te hais au fond. Je me souviens que je pensais ça assez souvent. Surtout quand on venait de faire l'amour et que j'avais bien pu sentir à quel point tu étais indifférente et ailleurs. Et aussi quand on était à la salle de bains, toi, toute nue sur le bidet, en train de te laver, de te laver, pour bien te nettoyer de cette sale chose répugnante que tu avais reçue de moi et qui sentait si mauvais. Ce sont tes propres mots. Alors moi je pensais : Je la hais, je hais son corps, je hais ses gestes. J'aurais pu te battre. J'éprouvais le besoin de briser cette résistance blanche et dure qui émanait de toi. Mais non, on se parlait gentiment et on plaisantait sur la bonne vie qu'on avait malgré tout.

MARIANNE : Alors explique-moi pourquoi j'ai maintenant un homme. Et que je l'aime, lui. J'aime son corps, j'aime ses odeurs. Je fais tout ce qu'il me demande. J'ai envie qu'il me touche, qu'il me caresse les seins. Tu te rappelles, toi, tu n'avais la permission de me toucher les seins que d'une certaine façon. Je détestais quand il t'arrivait de me toucher d'une manière inattendue et pas convenue, pas réglée d'avance. Tout ça maintenant, c'est changé.

JOHAN : Attends, tu verras. Dans quelque temps vous vous marierez et tu recommenceras tes façons avec lui plus vite que tu ne le crois. Tu verras, attends. C'est enraciné profondément, Marianne. Alors, encore une fois, tu te chercheras un nouvel amant pour qu'il te délivre de cette aversion.

MARIANNE : Je sais que tu te trompes. Je sais que nous aurions pu surmonter ces difficultés. Elles n'étaient pas limitées à notre vie sexuelle. Elles étaient les symptômes d'autres tensions. Et celles-là nous aurions dû les résoudre ensemble. Mais on était tellement discrets, tellement délicats, à en pleurer, et on a perdu le fil avant même d'essayer.

JOHAN (se fâche) : Il existe une chose qui s'appelle la tendresse, une tendresse toute simple, ordinaire. Il existe une chose qui s'appelle la sensualité, une sensualité naturelle, évidente, l'envie du corps. Mais ça, tu l'ignores. Pour toi, c'est bloqué, fermé.

MARIANNE : Si cela s'est passé comme ça dans mes relations avec toi, est-ce *ma* faute ? Tu n'imagines pas que j'aie pu en être désespérée tout autant que toi. Je me disais : Est-ce que ça doit être vraiment aussi misérable ? Faut-il vraiment que nous vivions ainsi ? Et puis, on s'est rassurés en se disant que la vie sexuelle c'était une chose secondaire, et qu'en dehors de ça, on était bien ensemble. Comme on s'est menti Johan ! Plus rien ne pouvait être bien puisqu'on ne pouvait plus faire l'amour tous les deux.

JOHAN : Tu oublies, dans ce contexte, certaines choses qui sont peut-être désagréables à dire.

MARIANNE : Alors, s'il te plaît, sois gentil, dis-les-moi !

JOHAN : Sais-tu ce que tu as tout le temps fait ? *Tu as exploité ton sexe.* C'était devenu la monnaie d'échange. Si je te faisais l'amour un jour, il était sous-entendu que le jour suivant, cela te serait épargné. Si j'avais été bien gentil, bien mignon, si je t'avais donné un coup de main, j'avais ma récompense : une petite récréation au lit. Si j'avais été désagréable et si j'avais osé critiquer quelque chose, alors on se vengeait et tu te retirais dans ton coin. Et je me résignais ! Quand je pense à ton comportement avec moi, c'était parfaitement grotesque. Tu étais pire qu'une putain.

MARIANNE : Mais tu ne voulais pas voir la vérité.

JOHAN : Quelle vérité, nom de Dieu, si tu me permets de te poser la question. Quelque chose, peut-être, comme une vérité n'appartenant qu'aux femmes ? Une vérité dont tu aurais l'exclusive ?

MARIANNE (furieuse) : Ça ne va pas, non. Tu n'es pas un peu dingue ? Tu crois que tu vas pouvoir continuer comme ça jusqu'où ? Pourquoi fallait-il que je sois toujours le succédané de ta mère ? Et toutes tes jérémiades parce que soi-disant, je négligeais la maison et que je m'occupais d'abord de mon métier.

JOHAN : C'est complètement faux.

MARIANNE : Les premières années de notre mariage, vous ne parliez que de ça, toi, tes parents et ma maman. Et votre seul résultat a été de me donner mauvaise conscience. Mauvaise conscience au bureau. Mauvaise conscience à la maison. Et il fallait encore que j'aie mauvaise conscience parce que je ne faisais pas bien l'amour. Que des exigences de toutes parts, et aucune liberté. Des plaintes, des radotages et des exigences — tu peux aller au diable ! Si je me vengeais, comme tu dis, au moyen de mon sexe, qu'y a-t-il là de si extraordinaire ? J'étais un pot de terre et qui c'est qui se serrait les coudes : toi, maman, tes parents et toute cette sale société. Je ne pouvais jamais faire ce que je voulais. Il y avait toujours quelque chose pour m'en empêcher. Quand je pense à tout ce que j'ai supporté et dont je suis enfin délivrée, j'ai envie de me mettre à hurler. Et je te dis : *Plus jamais, plus jamais, plus jamais, plus jamais.* Tu es là à gémir et à te plaindre parce qu'on t'est passé devant et que tu as été éliminé à force d'intrigues. C'est bien fait pour toi. C'est formidablement bien fait pour toi. Et j'espère qu'il y a une chose qu'on finira bien par te faire avaler et qu'on te l'enfoncera jusqu'au fond de la gorge : tu n'es qu'un parasite, un incapable.

JOHAN : Tu es en ce moment parfaitement grotesque.

MARIANNE : Et après. Je suis comme ça maintenant. Seulement la différence entre ta façon et ma façon d'être grotesque comme tu dis, c'est que moi, je ne baisse pas les bras. Figure-toi que j'ai l'intention de continuer. Je veux vivre dans la réalité telle qu'elle est. Car il y a une chose que j'aime plus que tout au monde. Et c'est vivre, précisément. J'aime surmonter les difficultés, les adversités. Je ne demande pas que l'on me ménage. Je me fous des formules et de la diplomatie.

JOHAN (prend dans un geste violent les papiers du divorce) : Eh bien, tant mieux si on peut se passer de pitié. Tant mieux si on peut jeter sa mauvaise conscience aux ordures. On commence à retrouver un visage humain. L'erreur donc, c'est qu'on se soit rencontrés toi et moi. Qu'on soit tombés amoureux l'un de l'autre et qu'on ait décidé de vivre ensemble. Quel glorieux fiasco depuis la première seconde. Alors, il ne nous reste plus qu'à signer le plus vite possible ces papiers, et puis on se partage l'argenterie, les cadeaux de mariage et on se dit adieu, dommage qu'on se soit gourés du commencement à la fin.

MARIANNE : Je ne suis en rien responsable de toi. Je vis comme je l'entends et je peux prendre soin de moi et des enfants. Tu t'imagines peut-être que je n'ai pas compris de quoi tu parles depuis le début. *Tu ne veux pas divorcer !*

JOHAN (surpris en flagrant délit) : Je n'ai jamais rien entendu de plus bête.

MARIANNE : Si c'est tellement bête, tu n'as qu'à prouver le contraire en signant ces papiers, ici et maintenant.

JOHAN : Mais certainement.

MARIANNE : Johan ! Si tu voulais dire la vérité ! Regarde-moi ! Regarde-moi Johan. Tu regrettes ? Tu ne veux plus divorcer n'est-ce pas ? Tu avais pensé que nous reprendrions la vie commune. Ce soir, tu avais l'intention de proposer quelque chose comme ça. Avoue que c'était ton idée.

JOHAN : Et si cela avait été mon idée, serait-ce un crime ? J'ai perdu, je l'avoue. C'est ça que tu veux entendre ? Je suis fatigué de Paula. J'ai envie de revenir. Je sais tout ça, Marianne. Tu n'as pas besoin de me sourire comme ça. Je suis un raté sur le retour et je n'ai pas de maison. Ce n'est pas le bon moment pour te demander de reprendre la vie commune. Je sais tout ce que tu vas me dire. Mais tu m'as posé la question. Et je veux y répondre franchement. Je te suis attaché d'une autre façon, plus profonde que je ne le savais moi-même. J'étais dépendant de tout ce qu'on appelle la maison, la famille, une vie organisée, une vie quotidiennement tranquille. Je suis fatigué de vivre seul.

MARIANNE : Seul ?

JOHAN : La solitude en compagnie de Paula est pire que la vraie solitude. Et je ne supporte ni l'une ni l'autre. Je ne peux pas parler de tout ça. Mais tu sais tout de même tout. (Un silence.)

MARIANNE (après un moment) : Je me demande comment ça irait.

JOHAN : Je sais que cela pourrait être mieux que cela n'a jamais été. Je sais qu'on ferait beaucoup plus attention l'un à l'autre. Tu ne crois pas ? (Un silence.) Tu ne crois pas ?

MARIANNE : Après quelques semaines on retomberait dans nos anciens errements, on rabâcherait les mêmes choses, on se laisserait reprendre par nos anciennes agressions. On oublierait toutes nos bonnes intentions. On n'aurait rien appris. Tout redeviendrait comme avant. Ou pire. Ce serait une grosse erreur.

JOHAN : Comment peux-tu l'affirmer avec autant d'assurance ?

MARIANNE : Combien de fois faudra-t-il te répéter que je n'éprouve plus rien pour toi, sauf une simple pitié. (Avec exaltation.) Je ne veux pas que tu fasses appel à mon bon cœur. Je ne suis pas sûre que... Je ne suis pas sûre que je pourrais le supporter. Et ce serait la pire des choses.

JOHAN : Nous pourrions essayer.

MARIANNE (en colère) : Te souviens-tu lorsque je te suppliais de revenir ? Te souviens-tu comme je m'humiliais, je pleurais, je te suppliais. Il y a même eu un temps où j'ai prié Dieu pour qu'il te rende à moi. Et nos rencontres, et tes faux-fuyants, tes demi-vérités qui ne faisaient que de me démontrer un peu plus ta totale indifférence.

JOHAN : A ce moment-là, je n'avais pas encore compris, tu ne peux pas me le reprocher maintenant.

MARIANNE (en colère) : Reprocher ! Quel mot incroyable, Johan ! Tu veux savoir ce que je pense, tu es d'une naïveté inouïe. Crois-tu que j'aie traversé tout ce que j'ai traversé et que je m'en sois sortie, crois-tu que j'aie commencé à vivre une vie vraiment à moi dont je me réjouis chaque jour pour tout abandonner brusquement et venir m'occuper de toi et te sauver d'une faillite où tu t'enlises par simple veulerie et parce que tu t'apitoies sur ton compte. Si je ne te trouvais pas aussi pitoyable, je t'éclaterais de rire au nez. Quand je pense à tout ce que tu m'as fait ces dernières années, je crève presque de colère. Tu peux me regarder, tu sais. Je supporte parfaitement ce genre de regard. Je me suis endurcie. Si tu savais combien de fois j'ai rêvé que je te tuais, un meurtre, oui, un couteau que je t'enfonçais dans le corps, et je te faisais souffrir. Si tu savais le bien que ça me fait de pouvoir te le dire enfin.

JOHAN (soudain souriant) : Je te trouve vraiment très belle quand tu es en colère.

MARIANNE : Tant mieux. (Condescendante.) Seulement, toi, tu n'as que l'air comique. Et d'ailleurs, tu as du rouge à lèvres sur la joue.

JOHAN : Si je comprends bien, tu préférerais que le divorce suive son cours.

MARIANNE (riant presque) : C'est *très exactement* de cette façon que je voudrais résumer ce que j'ai dit.

JOHAN : Encore un peu de cognac ?

MARIANNE : Mon Dieu, on a vidé presque toute la bouteille. Ce n'est pas étonnant si je me sens un peu plus libre et un peu plus remarquable que d'habitude. Et toi, ça va ?

JOHAN : Merci, ça va. J'ai l'impression que mon rhume est passé. Ça fait en tout cas un bon moment que je n'ai pas toussé.

MARIANNE (buvant) : Pour parler raisonnablement...

JOHAN : Ce que tu viens de dire n'était donc pas raisonnable ?

MARIANNE : Non, ce n'était pas raisonnable, mais c'était vrai et nécessaire, et tu devrais le comprendre.

JOHAN : Ne t'inquiète pas, je suis là et j'essaie de comprendre de toutes mes forces.

MARIANNE : Donc, pour parler raisonnablement, pour dire quelque chose de sensé, tu devrais te réjouir de ce que je me sois libérée et que je veuille vivre ma vie. Je pense que tu devrais faire exactement comme moi. Tu dois te libérer de tout, absolument tout ce qui a été. Et tout recommencer sur d'autres bases. En *ce moment, précisément,* une chance extraordinaire s'offre à toi.

JOHAN : Je peux te poser une question ?

MARIANNE : Encore ce ton pathétique !

JOHAN : A quoi bon ? A quoi bon tout recommencer depuis le commencement, comme tu dis. Je n'en ai aucune envie.

MARIANNE (avec hésitation) : Que veux-tu dire ?

JOHAN : Rien de plus que ce que j'ai déjà dit trois ou quatre fois ce soir, et que tu ne t'es pas donné la peine d'écouter. Je n'ai aucune envie de recommencer, ma vie à venir ne m'intéresse pas.

MARIANNE (frappée) : Tu ne dis ça que parce que tu te sens déprimé et que tu as eu des ennuis. Tu voudrais seulement qu'on ait pitié de toi.

JOHAN (souriant) : Tu as mis dans le mille, c'est comme ça qu'on dit ?

MARIANNE : Quand je repense à la femme que j'étais il y a juste un peu plus d'un an, cette femme m'apparaît presque comme une étrangère. Et tout à l'heure quand on a fait l'amour, j'ai eu l'impression de faire l'amour avec un étranger. C'est drôle, non ? Pour tout dire, c'était d'ailleurs assez excitant. Peut-être serons-nous un jour de très bons amis. Et nous apprendrons alors à nous connaître lentement comme ceux que nous sommes réellement, et pas cette chose horrible...

JOHAN : Quoi d'horrible ?

MARIANNE : Je veux dire ces masques.

JOHAN : Ces masques ?

MARIANNE : Imagine que nous puissions nous rencontrer en étant devenus ceux que nous devions devenir. Et pas ceux qui essaient de jouer tous les rôles que toutes sortes de forces nous ont imposés.

JOHAN : Je crois que c'est impossible. Les masques apparaissent dès le berceau et ils tiennent toute la vie. Il n'existe personne au monde qui se trouve, comme tu le dis.

MARIANNE : C'est faux. Je vis maintenant une vie beaucoup plus honnête que je ne l'ai jamais vécue.

JOHAN : Et plus heureuse ?

MARIANNE : Toutes ces histoires de bonheur, c'est de la foutaise. Mon plus grand bonheur c'est de manger un bon repas.

JOHAN (secoue la tête) : Je ne suis pas comme toi.

MARIANNE (soudain, après un long silence) : Tu ne comprends donc pas que tout ça me fait peur ? Je suis terriblement tentée de tendre la main et de déchirer ces papiers pour notre divorce. Je n'arrête pas de me dire : De quel droit est-ce que j'exige *moi*, une vie personnelle et égoïste ? Est-ce que je m'*imagine* vraiment avoir une mission à remplir en dehors de toi et des enfants ? Ne serait-ce pas tentant de recommencer à vivre ensemble ? Je suis désormais beaucoup plus forte et beaucoup plus indépendante. Je pourrais t'aider vraiment quand tu es en difficulté. (Les mains devant son visage.) J'ai tant de tendresse pour toi, Johan. (Avec désespoir.) Je dois être complètement folle. Je sais que nous devons divorcer. Tout ce qui est sage en moi, et sensé, me dit qu'il faut que nous divorcions. (Elle prend ses mains.) C'est insupportable.

JOHAN (humble) : Je crois que je comprends.

MARIANNE (secoue la tête) : Il ne faut plus en parler.

JOHAN : Non.

MARIANNE : Alors, que faisons-nous pour ce souper ?

JOHAN : J'ai trop bu pour aller quelque part. Ne

pourrions-nous pas rester encore ensemble un moment ?

MARIANNE : Mais si. A condition que tu ne me fasses pas devenir sentimentale.

JOHAN : Ne pourrions-nous pas rentrer ?

MARIANNE : Tu veux dire chez moi ?

JOHAN : Naturellement, je veux dire chez toi.

MARIANNE (secoue la tête) : Non.

JOHAN (ivre) : Et pourquoi qu'on peut pas ?

MARIANNE : Parce que j'ai un homme qui m'attend et qui va déjà trouver que c'est suffisamment désagréable comme ça de me voir revenir si tard, empestant le cognac et sans que les papiers aient été signés.

JOHAN : Peut-être qu'il est jaloux ?

MARIANNE : Pas spécialement. (Elle sourit.) Mais il connaît ma nature masochiste. Tu sais ce qu'il m'a dit avant que je m'en aille ? Il m'a embrassée et il m'a dit : Et maintenant va bien faire l'amour avec ton mari. Et tu reviendras brisée de mauvaise conscience, sans avoir signé les papiers. Et tu voudras rompre avec moi.

JOHAN : Tu vas lui dire que nous avons fait l'amour ?

MARIANNE : Non. (Elle sourit.) Non, je n'en dirai rien.

JOHAN : Comme je suis fatigué.

MARIANNE (raisonnable) : Nous avons trop bu. Si nous étions raisonnables, nous ferions une rapide promenade pour nous rafraîchir les idées avant de retrouver chacun sa chacune.

JOHAN : Au fond, tu es fantastique.

MARIANNE : Non, mais j'ai une passion inguérissable

pour tout ce qui est sain. Viens, mon bonhomme, on s'en va.

JOHAN : Et les papiers ?

MARIANNE : En arrivant, j'étais fermement décidée à rendre à tout prix notre divorce effectif. J'ai, si l'on peut dire, changé d'avis.

JOHAN : Que de générosité !

MARIANNE : Pas comme tu l'entends.

JOHAN : Non, et alors de quelle façon ?

MARIANNE : J'avais peut-être le projet de me remarier. Je n'en suis pas absolument certaine, mais c'est possible. Mon ami qui m'attend à la maison me convient sous tous les rapports. On est bien ensemble et les filles l'aiment aussi. Il est lui-même divorcé depuis quelques années et il y a quelque temps, il m'a proposé qu'on se remarie. J'ai été, c'est vrai, assez tentée. (Un silence.) Quelle bêtise ces papiers ! Ils n'ont au fond aucune importance. Prends-les Johan. Déchire-les si tu veux. Que je porte ton nom ou celui d'un autre, cela m'est égal.

JOHAN : Mon Dieu, quel sermon !

MARIANNE : Tu as raison. On s'en va ?

JOHAN : Je veux bien signer les papiers.

MARIANNE : Fais comme tu voudras. Ça m'est égal.

JOHAN : Ne t'en va pas !

MARIANNE : Il est tard. Est-ce que je peux appeler d'ici un taxi ?

JOHAN : Il faut d'abord faire un zéro pour avoir la ligne.

MARIANNE (au téléphone) : Bonsoir. Est-ce que je pourrais avoir un taxi au 45 de Malmrosgatan ? Il arrive tout de suite ? Merci. (Elle repose le combiné.) Tu viens avec moi ? Il vaut mieux que tu ne prennes pas ta voiture. Tu as trop bu.

JOHAN : Je reste encore un moment.

MARIANNE : Non, Johan. Viens avec moi. Ce n'est pas du tout bon que tu restes là tout seul comme un vieux hibou.

JOHAN : Ça, c'est pas tes oignons.

MARIANNE : Viens, Johan, maintenant.

JOHAN : Je trouve que tu devrais rester encore un moment.

MARIANNE : Je veux m'en aller.

JOHAN : Sois gentille, ne t'en va pas.

MARIANNE : Non, Johan, ne commence pas comme ça. Tu n'es que fatigué et tu es saoul.

JOHAN : Tu ne t'en vas pas ?

MARIANNE : Laisse-moi passer !

JOHAN : Je ne te laisserai pas sortir.

MARIANNE : Ne sois pas ridicule !

JOHAN : Ne sois pas ridicule, toi !

MARIANNE : Tout de même, Johan, nous n'avons jamais fait ce genre de bêtise tout au long de notre mariage. Évitons-les, maintenant aussi. Je te prie de me donner la clef.

JOHAN : Je me fous de ce que tu peux dire. Je vois comment ça tourne rond dans la tête bien organisée de la petite Marianne ! Alors maintenant, qu'est-ce que je fais ? Est-ce qu'il a perdu la boule ? Est-ce qu'il a l'intention de me battre ?

MARIANNE : Si tu veux le savoir, je te trouve irrésistiblement comique.

JOHAN : Irrésistible, vraiment ? Alors, pourquoi ne ris-tu pas ? Moi je trouve que tu as surtout l'air d'avoir peur.

MARIANNE : Laisse-moi au moins téléphoner pour décommander le taxi.

JOHAN : Il attendra dix minutes et après il s'en ira. Assieds-toi et reste tranquille. Ça sera long, je te le promets.

MARIANNE : Je t'en prie. Alors, qu'avais-tu à me dire ?

JOHAN : Rien, je voulais seulement te regarder.

MARIANNE : Je t'en prie. (Elle ricane.) Au fond, c'est exactement ce à quoi j'aurais dû m'attendre de la part de quelqu'un comme toi. Je me demande combien de fois il m'est arrivé au cours de mes consultations de mettre en garde les femmes en instance de divorce : surtout ne rencontrez pas entre « quatre yeux » vos maris outragés. Je dois reconnaître que je n'aurais jamais pensé me trouver moi-même dans une pareille situation.

JOHAN : Ta gueule !

MARIANNE : Tu crois peut-être que tu me fais peur ! (Elle secoue la tête.) Si tu veux le savoir, je me fiche éperdument de ce que tu vas faire.

JOHAN : Je t'ai dit, ta gueule ! (Il la frappe.)

MARIANNE : Tu es complètement fou. (Elle lui rend son coup.)

Une bagarre se déclenche. Une empoignade brutale, sans retenue, haineuse et qui dure, dure, jusqu'au moment où ils se retrouvent l'un et l'autre complètement épuisés. Ils sont tous les deux en sang, furieux, mais ils n'en peuvent plus. Ils sont assis chacun dans leur coin, haletants et rendus tous les deux.

MARIANNE : Donne la clef que j'aille aux cabinets pour essayer d'arrêter ce sang.

JOHAN : Je ne te laisserai pas sortir.

MARIANNE : Donne-moi la clef salaud ! Sale bonhomme !

Il la renverse à terre et lui donne de furieux coups de pied. Elle tente de se protéger le visage avec ses mains.

JOHAN : Je pourrais te tuer ! (Il crie.) Tu m'entends, te tuer, te tuer !

Puis il se fatigue. Elle reste par terre, toute recroquevillée et immobile. Il y a soudain un grand silence dans la pièce blanche et nue. La lampe du plafond jette une lumière crue. Des meubles ont été renversés. Il y a des taches de sang sur la moquette. Les objets qui étaient sur le bureau sont éparpillés un peu partout. Silence.

JOHAN : Comment te sens-tu ?

MARIANNE : Je n'ai qu'à m'en prendre à moi. Maintenant, veux-tu avoir l'amabilité de me laisser sortir ?

Johan ouvre la porte et elle disparaît dans l'obscurité du couloir. Il reste assis, ses mains tremblent, il aspire profondément, comme s'il était sur le point d'étouffer par manque d'air.

JOHAN (crie) : Tu veux que je vienne t'aider ?

MARIANNE (du dehors) : Non, je t'en prie, ne viens pas là !

Il se lève lentement et va jusqu'au bureau. Il cherche un moment. Il trouve les papiers pour le divorce, signe l'original et les copies. Marianne revient, arrangée tant bien que mal. Elle écrit son nom à côté du sien. Puis, elle plie les papiers et les glisse dans sa serviette qu'elle referme. Elle met ses gants.

MARIANNE : Je me charge de faire transmettre les papiers au tribunal dans les plus brefs délais.

JOHAN : Merci.

MARIANNE : Salut.

JOHAN : Salut.

MARIANNE (sur le seuil de la porte, elle se retourne) : Il y a longtemps qu'on aurait dû commencer à se battre. Tout aurait été beaucoup mieux.

6

Au milieu de la nuit, dans une maison obscure, quelque part au monde

Quelques années plus tard. Marianne rend visite à sa mère.

MARIANNE : Bonjour, maman.

LA MÈRE : Bonjour.

MARIANNE : Et comment va ce pied ?

LA MÈRE : Je n'ai plus mal, merci. Mais je me sens handicapée, c'est certain.

MARIANNE : Et que dit le docteur ? Quand pourras-tu reprendre tes activités ?

LA MÈRE : Pas avant la semaine prochaine.

MARIANNE : Il faut prendre ton mal en patience.

LA MÈRE : Je reste là, dans mon fauteuil, et je n'arrive à rien.

MARIANNE : Et la nuit, est-ce que tu dors ?

LA MÈRE : Avec ce pied, j'ai du mal à me retourner dans mon lit. Mais ça ne sert à rien de se plaindre. Tu veux une tasse de thé ? Mlle Alm a préparé le plateau, il y a une demi-heure. Et moi, j'ai déjà pris le mien.

MARIANNE : Je suis désolée, maman, d'arriver en

retard, mais j'avais dans mon bureau quelqu'un dont je n'arrivais pas à me débarrasser. Et il faut parfois savoir prendre le temps de les écouter.

LA MÈRE : Évidemment. Je comprends très bien ça.

MARIANNE : Le thé est encore chaud.

LA MÈRE : Veux-tu que je te grille une tranche de pain ?

MARIANNE : Non merci.

LA MÈRE : Mais tu prendras bien un biscuit avec de la marmelade ?

MARIANNE : Non, merci. Je suis un régime pour maigrir.

LA MÈRE : Mais tu es folle.

MARIANNE : Et je fais aussi de la gymnastique. Une demi-heure tous les matins. Et Henrik et moi, nous jouons au tennis deux fois par semaine. Ça fait du bien, crois-moi.

LA MÈRE : Je voulais profiter de ce que tu es là pour te demander quelque chose : viendras-tu à l'inhumation ?

MARIANNE : C'est quand ?

LA MÈRE : On a pensé au 18.

MARIANNE : Attends que je regarde. (Elle vérifie sur son carnet.) Ce ne sera pas facile. Le matin, j'ai une affaire au tribunal et cela risque d'être assez long. Alors papa va être inhumé à Upsal ?

LA MÈRE : C'était ce qu'il voulait. Tes frères et sœurs seront là.

MARIANNE : Mais, voyons maman, l'inhumation n'est qu'une formalité. Tu ne peux pas exiger que je néglige mon travail pour ça.

LA MÈRE : Tout dépend de comment on envisage les choses.

MARIANNE : Alors, n'est-il pas possible de changer la date ?

LA MÈRE : Tous les autres pourront être là. Et comme tu le sais, le 18 avril est le jour anniversaire de notre mariage à ton père et à moi. Il y aura quarante-neuf ans le 18 avril que nous nous sommes mariés. Tu l'as peut-être oublié ?

MARIANNE : N'y a-t-il pas dans tout ça bien des déchirements inutiles ?

LA MÈRE : Pas pour moi.

MARIANNE : De toute façon, je ne pourrai pas venir.

LA MÈRE : Alors, n'en parlons plus.

MARIANNE : Karin et Eva t'embrassent. Elles ont promis de passer te voir demain après leurs cours.

LA MÈRE (s'animant) : Ah, ça me fait plaisir. Figure-toi qu'avant-hier, Eva est venue me voir avec son ami. Elle était en robe et on aurait dit une vraie petite dame. Son ami a l'air aussi gentil. Ils sont restés là une bonne heure à bavarder. Avec Karin, c'est plus difficile. Mais il faut dire que c'est le vivant portrait de son grand-père.

MARIANNE : Pauvre papa.

LA MÈRE : Je ne voulais rien dire de désobligeant sur ton père. Surtout maintenant qu'il n'est plus là.

MARIANNE : Mais je n'ai pas pensé ça non plus.

LA MÈRE : J'ai pas mal réfléchi à ce qu'a été notre vie commune. Surtout depuis que je suis immobilisée là avec ce pied et que j'ai tout le temps de penser.

MARIANNE : Et qu'est-ce que tu en conclus ?

LA MÈRE : Au fond, rien. Et c'est ce qui m'étonne.

MARIANNE : Que veux-tu dire ?

LA MÈRE : Nous avons eu une bonne vie. Nous n'étions pas toujours amis, c'est vrai, mais on ne se disputait jamais. Nous ne nous sommes jamais laissés aller à nous humilier et à nous injurier. Jamais on ne s'est abaissés à ça. On se taisait. C'était sans doute ce qu'il y avait de mieux à faire. Et avec les années, notre inimitié s'est estompée et nous avons oublié nos différends. Nous n'étions pas rancuniers, ni Fredrik, ni moi. (Un silence.)

MARIANNE : Eh oui.

LA MÈRE : C'est sûr qu'il me manque. Mais au fond, je ne me sens pas plus seule maintenant que lorsqu'il était là.

MARIANNE : Ça me fait de la peine de t'entendre parler comme ça.

LA MÈRE : Pourquoi ? Nous étions tous les deux très occupés, lui de son côté et moi du mien.

MARIANNE : Est-ce que je peux te poser une question, maman ?

LA MÈRE : Tu peux me poser toutes les questions que tu veux.

MARIANNE : Ne me crois pas indiscrète.

LA MÈRE : Je ne te crois pas indiscrète.

MARIANNE : Entre papa et toi, comment c'était les relations intimes ?

LA MÈRE (Un silence) : Cela intéressait plus papa que moi.

MARIANNE : C'est-à-dire ?

LA MÈRE (énervée) : Que veux-tu que je te dise de plus ? Il prenait son plaisir et je le laissais faire. Je ne me suis jamais refusée. Je trouvais que c'était de mon devoir de me tenir à sa disposition. Il avait d'ailleurs d'autres femmes. C'était parfois assez répugnant.

MARIANNE : Et toi?

LA MÈRE : Moi?

MARIANNE : Avais-tu d'autres hommes?

LA MÈRE : Quand nous nous sommes fiancés Fredrik et moi, je suis tombée amoureuse d'un autre homme et j'ai voulu rompre nos fiançailles. Mais mes parents ont trouvé que je ne devais pas m'emballer. Et puis ça a été comme ça a été.

MARIANNE : Et tu n'as jamais détesté papa?

LA MÈRE : Que veux-tu dire : j'aurais dû le détester?

MARIANNE : Lorsque vous vous êtes mariés, le contrat que vous avez signé était exclusivement à son avantage. Ne l'as-tu jamais détesté à cause de cette transaction?

LA MÈRE : Je l'aimais bien. Et on était aussi aveugles que des chatons. Aucun de nous n'a compris à quoi il s'engageait. Ni lui ni moi.

MARIANNE : Mais maman, ce n'est pas possible.

LA MÈRE : Il avait ses défauts. J'avais les miens. (Un silence.) Non, ce n'est pas ça.

MARIANNE : Alors, c'est quoi?

LA MÈRE : Je me demande comment cela se serait passé entre nous si nous nous étions parlé franchement. Si nous avions parlé entre nous de tout ce qui nous passait par la tête.

MARIANNE : Et vous ne le faisiez pas?

LA MÈRE : Non, nous avions une règle que nos parents nous avaient inculquée : *A chacun ses ennuis.*

MARIANNE : Tu regrettes que cela ait été comme ça?

LA MÈRE : Je ne peux pas dire que je le regrette. Non. Mais je ne peux pas m'empêcher de penser combien notre silence était héroïque. Je crois au fond que papa en a plutôt souffert. Il était si vivant. Bien plus gai et bien plus ouvert que moi.

MARIANNE (émue) : Et alors, maman, tu te fais des reproches ?

LA MÈRE : Je ne sais pas. Mais c'est affreux, il faut bien le dire, c'est affreux. Pas affreux, non, c'est un mot beaucoup trop dramatique. Mais il faut bien dire que c'est étrange que deux êtres passent toute une vie ensemble sans...

MARIANNE : Sans se rapprocher.

LA MÈRE : C'est peut-être ce que je veux dire.

MARIANNE : Et maintenant tu te dis que c'est ta faute ?

LA MÈRE : Tu veux dire que j'aurais mauvaise conscience ? Non, pas du tout. On a fait de notre mieux. Seulement, tout de même...

MARIANNE : Tu ne peux pas t'empêcher de penser...

LA MÈRE : ... quand on le dit avec des mots cela paraît grandiloquent mais il a disparu dans la nuit en emportant avec lui sa vie. Et ce qui est étrange, c'est qu'il a emporté aussi la mienne. (Elle sourit.) C'est ce qu'on appelle regarder la vérité en face. N'est-ce pas ?

MARIANNE (émue) : Nous n'avons jamais parlé comme ça ensemble.

LA MÈRE : Nous n'en avons jamais eu le temps.

MARIANNE : Ni l'envie.

LA MÈRE : J'ai toujours eu un peu peur de toi.

MARIANNE (sourit) : Peur ? De moi ?

LA MÈRE : Tu as toujours été si compétente !

MARIANNE : Et toi alors !

LA MÈRE : Si tu savais le souci que je me suis fait de ne pas arriver à tout faire parfaitement.

MARIANNE (émue) : Mais tu *es* parfaite.

LA MÈRE : Il m'arrive parfois de me retrouver à l'âge de sept ans, je me promène avec mon père dans la forêt et nous nous tenons par la main. Je vieillis, je deviens sentimentale, c'est ça la vérité.

MARIANNE : Est-ce que je peux te poser une autre question ?

LA MÈRE (sourit) : Puisque je suppose que je ne peux pas l'éviter.

MARIANNE : Pourquoi as-tu été aussi furieuse après moi lorsque Johan et moi nous avons divorcé, il y a cinq ans ? C'était lui qui en fait s'était trouvé une autre femme et qui m'avait quittée.

LA MÈRE : Je n'étais pas furieuse du tout. Je n'avais que du chagrin.

MARIANNE : Seulement tu n'as pas arrêté de me critiquer.

LA MÈRE : Je ne m'en souviens pas.

MARIANNE : Tout était ma faute.

LA MÈRE : J'ai dit ça ?

MARIANNE : Oui, c'est ce que tu disais.

LA MÈRE : Je l'ai oublié.

MARIANNE : Je trouvais que pour une fois, tu aurais pu être de mon côté. Et me soutenir un peu. Mais tu ne l'as pas fait. Je me demande pourquoi.

LA MÈRE : Je me souviens exactement du contraire. Je sais que je disais à papa qu'on ne devait absolument pas s'en mêler et qu'il fallait à tout prix qu'on fasse tout comme d'habitude. C'est papa qui était furieux, pas moi.

MARIANNE (sourit) : Alors, on verra. (Elle regarde sa montre.) Mon Dieu, maintenant, il faut que je m'en aille. De toute façon, je vais être en retard.

LA MÈRE : Tu pars déjà ?

MARIANNE : Je reviendrai demain. Nous pourrons bavarder un peu plus. Je serai là vers les cinq heures.

LA MÈRE : Alors, on pourrait dîner ensemble.

MARIANNE : Ça m'ennuie beaucoup, mais je suis invitée. Mais je pourrai rester jusqu'à six heures et demie.

LA MÈRE : Tu pourrais prendre ta robe, ça t'éviterait de rentrer pour te changer.

MARIANNE : Oui, c'est possible.

LA MÈRE (soudain) : C'était bien de se parler.

MARIANNE (en partant) : Je trouve qu'il faudrait continuer.

LA MÈRE : Tu ne voudrais pas passer par la cuisine dire un petit bonjour à Mlle Alm ? Elle ne sera pas à prendre avec des pincettes si tu es venue sans lui dire bonjour.

MARIANNE : Mais oui, mon Dieu. Certainement. Je vais aller lui dire bonjour. Au revoir maman, soigne-toi bien.

LA MÈRE : Bien des choses à Henrik et aux enfants.

MARIANNE : Henrik est en voyage, il ne rentrera que dans une semaine. Au revoir.

Johan à son bureau à l'Institut. Il tape à la machine. Il a rasé sa barbe et porte des lunettes. Eva, une belle femme dans la quarantaine, passe la tête dans l'entrebâillement de la porte.

EVA : Je te dérange ?
JOHAN : Oui merci.
EVA : Qu'est-ce que vous faites, ta femme et toi ce soir ?
JOHAN : On est malheureusement pris.
EVA (sourit) : C'est bien dommage.
JOHAN : Vraiment ?
EVA : J'organise une petite soirée et j'avais pensé que vous pourriez passer avec ta femme si vous n'aviez rien eu de mieux à faire. Nous ne serons que sept ou huit.
JOHAN : Je regrette, mais ce n'est pas possible.
EVA : Bon week-end quand même.
JOHAN : Merci, toi aussi.
EVA : On ne pourrait pas se voir un jour ?
JOHAN : Je n'ai pas le temps.
EVA : Tu en as marre ?
JOHAN : Voyons, Eva !
EVA : Si tu veux rompre, tu n'as qu'à le dire au lieu de tout laisser dans le vague.
JOHAN : Bon, disons donc que nous rompons.
EVA : Je préfère le savoir. Cela n'a pas été facile.
JOHAN : Je ne voulais pas te blesser.
EVA (rit) : Eh non, tu ne voulais pas.
JOHAN : Excuse-moi, je dois terminer ce rapport.
EVA (gaie) : C'est entendu mon petit Johan, je ne vais pas te déranger. Merci seulement pour le temps que cela a duré entre nous. Tu as été un amant très mignon, bien que légèrement distrait.

JOHAN (sourit) : A mon tour de te remercier. Tu as obtenu les meilleures notes.

EVA : Il y en a une autre ?

JOHAN : Pour parler franchement, il y en a une autre.

EVA : Qui donc ?

JOHAN : Je ne te le dirai pas.

EVA : Quelqu'un que je connais ?

JOHAN : C'est très possible.

EVA : Lena ?

JOHAN : Je ne dis plus un mot.

EVA : Alors c'est Lena.

JOHAN : En tout cas, ce n'est pas Lena.

EVA : Allons. Elle est bien faite cette fille. Mais un peu jeune et un peu trop exubérante pour toi, mon petit bonhomme.

JOHAN : Puisque je te dis que ce n'est pas Lena.

EVA : D'ailleurs, qu'est-ce que ça peut faire. Au revoir, mon chéri.

JOHAN : Au revoir, porte-toi bien.

Eva sort et ferme la porte.
Arne entre. Il est grassouillet mais il fait jeune.

ARNE : Salut.

JOHAN : Salut.

ARNE : Passe de bonnes fêtes.

JOHAN : Merci, toi aussi.

ARNE : Il n'y a rien de pire que ces longs week-ends en famille. A propos, j'ai appris que le ministère vient de te détacher pour une mission. Je ne sais pas si je dois te féliciter.

JOHAN : Il n'y a pas de raison.

ARNE : C'est bien ce que je pensais.

JOHAN : Je vais être pratiquement exclu de l'Institut pendant deux ans.

ARNE : Comme c'est ennuyeux. Pour toi.

JOHAN : C'est d'ailleurs une mission idiote. Dans deux ans, quand on en sera à la fin, l'enquête sera totalement dépassée. Ce n'est qu'une manœuvre politique.

ARNE : Tu ne pourrais pas demander à voir Hammarberg et décliner cette offre ?

JOHAN : C'est déjà fait.

ARNE : Et alors ?

JOHAN : C'est un clown. Le clown nº 1 des fonctionnaires suédois. Avant qu'on ait le temps de dire ouf, il sera ministre.

ARNE : C'est entendu, mais que t'a-t-il dit ?

JOHAN : J'ai eu droit à un texte codé qu'il a fallu que j'interprète comme je l'ai pu. Il n'était pas très encourageant.

ARNE : Allons bon. Alors salut. Tu as couché avec Lena ?

JOHAN : A franchement parler, non.

ARNE : Mais ça te démange, hein ?

JOHAN : Et toi ?

ARNE : Eh oui, bien sûr.

JOHAN : Je ne crois pas que je m'en sentirai le courage.

ARNE : Tu désarmes ?

JOHAN : Appelle ça comme tu voudras.

ARNE : Moi, je fais tout ce que je peux pour tenir la forme : gymnastique, tennis, piscine. Rayons ultra-violets. Contrôle du poids. Je n'aurais donc pas à rougir. Je veux dire au cas où nous en viendrions à faire plus intime connaissance. Au cas où il s'agirait d'affronter la vérité toute nue. Salut.

JOHAN : Salut.

Arne sort et ferme la porte derrière lui. On entend des pas rapides dans le couloir. Eva ouvre violemment la porte.

EVA : Je me demande pourquoi, mais je viens de piquer une de ces colères.

JOHAN : Je vois ça.

EVA : Je te trouve quand même dégoûtant. Pas du tout parce que tu me laisses tomber. On s'est bien amusés tant que ça a duré et on savait l'un et l'autre que ce n'était pas pour la vie. Mais je trouve que tu es un lâche, pas fichu de dire que maintenant tu en as marre. Tu sais ce que tu as ? Tu es tellement pourri et tellement prétentieux que tout t'ennuie. Et à force de tellement t'ennuyer tu retombes dans l'anonymat. Dans quelques années tu vas te confondre avec cette bibliothèque. Tu es prétentieux, crâneur et gâté. Et trop paresseux pour vivre. Il faut que d'autres vivent à ta place. Tu te souviens quand tu es allé au contrôle médical et qu'on a constaté que tu t'étais ratatiné de quelques centimètres ? C'est ça. (Elle s'assied.)

JOHAN (en écho) : C'est ça.

EVA (plus conciliante) : Pourquoi est-ce que tu ne rues pas dans les brancards ? Pourquoi ne fais-tu pas un foin du diable ? Pourquoi faire semblant d'être aussi humble puisque tu es l'orgueil incarné ?

JOHAN : Tout ça est vraiment très intéressant.

EVA : Ce qui explique tout, c'est ton orgueil... Tu es comme un môme pourri et prétentieux et...

JOHAN : Oui, et alors quoi ?

EVA : Je t'aime bien imbécile. C'est pour ça que je t'engueule. Et puis, j'ai en quelque sorte pitié de toi.

JOHAN : Vraiment trop aimable.

EVA : Salut. Tu me diras lorsque tu en auras assez des seins ronds et juvéniles de Lena et que tu voudras revenir à des formes plus plates, mais autrement plus maternelles.

JOHAN (soupire) : Ce n'est pas Lena.

EVA : C'est d'ailleurs une excellente secrétaire. Et sûrement très, très, très gentille. Mais elle est trop jeune pour toi, Johan. Tu ne réussiras qu'à te faire du mal.

JOHAN : Ce n'est pas Lena, je te le jure.

EVA : Oh, j'ai de l'intuition.

JOHAN : Tu as, en effet, de l'intuition.

EVA : Et je sens bien que tu es fort épris.

JOHAN : C'est possible.

EVA : Alors, cela ne peut être que Lena. Salut.

JOHAN : Salut.

Eva sort et ferme la porte. Johan se remet au travail.

Le téléphone sonne. Il décroche.

JOHAN : Allô ? Bonjour. Tu es prête ? Alors, je viens te chercher. Ah bon, tu ne veux pas. Mais au coin de Karlavägen et de Grev Turegatan ? Ça va ? J'arrive dans deux minutes. Parfait. A tout de suite.

Johan a garé sa voiture au coin de la rue, il est profondément enfoncé dans son siège. Quelques minutes plus tard, Marianne arrive sur le trottoir d'en face. Son visage s'éclaire quand elle l'aperçoit et elle se met à courir. Elle prend place à ses côtés, essoufflée et souriante. Puis elle lui donne un rapide baiser sur la bouche. Il met le moteur en marche.

MARIANNE : Tu attends depuis longtemps ?

JOHAN : Non, je viens d'arriver.

MARIANNE : Je suis allée voir maman, tu comprends.

JOHAN : Je comprends. Comment va la doyenne ?

MARIANNE : Je crois que... Enfin, je te raconterai plus tard.

JOHAN : Alors on y va.

MARIANNE : Comme c'est drôle, c'est fou. Hier, je suis allée à la maison de campagne pour tout mettre en ordre. J'ai branché le chauffage, le réfrigérateur, j'ai fait le ménage et acheté de quoi manger. Exactement comme au bon vieux temps.

JOHAN : Attends, il y a combien d'années que je n'y suis pas venu ?

MARIANNE : Sept ans, je crois.

JOHAN : Et toi ?

MARIANNE : Tu sais, Henrik n'aime pas particulièrement cette maison. Il préfère l'intérieur du pays. Alors à dire vrai, on la donne habituellement en location. On y va quelquefois, les filles et moi, pour une fin de semaine mais c'est de plus en plus rare. Eva et Karin mènent désormais leurs vies à elles. C'est mieux comme ça.

JOHAN : Et comment va ton mari ?

MARIANNE : Il est surmené, c'est certain. Il a de la tension, mais tout le monde en a. Et comment va ta femme ?

JOHAN : Je crois qu'elle va bien. Elle est en Italie pour se reposer un peu.

MARIANNE : Je trouve ça épatant que nos époux respectifs soient en voyage en même temps.

JOHAN : Je trouve ça légèrement inconvenant.

MARIANNE : Et c'est ce qui est tellement agréable, tu comprends.

Ils arrivent à la maison de campagne. Tout est à peu près comme avant. Marianne ouvre la porte. Ils entrent.

JOHAN : Ça n'a pas beaucoup changé.

MARIANNE : Seulement un peu plus détérioré. Il faudrait faire des réparations. Mais pour l'instant, on n'en a pas les moyens, alors on laisse aller.

JOHAN : Ça te fait quelle impression ?

MARIANNE (évasive) : Je ne cherche pas à savoir. C'est mieux comme ça. Tu devrais peut-être mettre la voiture au garage, pour que Gustav ne voie pas que nous sommes là. S'il la voit, il arrivera tout de suite pour dire bonjour. Et s'il te voit, ça fera du joli.

JOHAN : Je rentrerai la voiture dans un moment. Maintenant on monte jusqu'à la chambre.

MARIANNE (sourit) : Je suis folle. Je suis aussi nerveuse que si c'était la première fois.

JOHAN : Mais ce n'est pas la première fois !

Ils s'allongent sur le grand lit et se prennent la main. Ils restent d'abord silencieux.

MARIANNE : A quoi penses-tu ?

JOHAN : Je me demande si c'est toi qui m'as séduit ou si c'est moi qui t'ai séduite.

MARIANNE : Tu sais que ça fait presque exactement un an. Si, si, le 8 mai, la veille de mon anniversaire. Exactement. Et nous sommes aujourd'hui le 28 avril.

JOHAN : Et c'est toi qui m'as séduit.

MARIANNE : Eh oui, figure-toi.

JOHAN : Es-tu jamais retournée voir le deuxième acte de cette pièce ?

MARIANNE : Non. Cela a dû faire une drôle d'impression quand on a filé à l'entracte comme deux criminels.

JOHAN : Qu'est-ce qui t'a décidée ?

MARIANNE : Je n'en sais rien. Dès que je suis entrée dans ce théâtre, je t'ai vu là, tout seul. Tellement seul. Alors c'est assez naturel que je me sois précipitée vers toi à l'entracte.

JOHAN : J'en ai été vraiment très heureux.

MARIANNE : Et moi, j'étais heureuse parce que tu étais heureux.

JOHAN : Et tu m'as dit presque tout de suite, viens on file, on va chez moi. Mon mari est en voyage, il ne rentre que vendredi.

MARIANNE : Tu as rougi.

JOHAN : Je pense bien. J'ai eu une telle érection que je tenais à peine sur mes jambes.

MARIANNE (sourit) : Moi aussi. Ça m'a follement excitée.

JOHAN : On ne s'était pas vus depuis deux ans.

MARIANNE : Deux ans. C'est exact.

JOHAN : Et c'est maintenant notre premier anniversaire.

MARIANNE : Non.

JOHAN : Que veux-tu dire ?

MARIANNE : Nous fêtons notre vingtième anniversaire. Il y aura vingt ans au mois d'août que nous nous sommes mariés.

JOHAN : Vingt ans. Tu as raison.

MARIANNE : Toute une vie. Une vie d'adulte que nous avons partagée. Comme c'est étrange d'y penser. (Elle se met soudain à pleurer.)

JOHAN (gentil) : Ma chérie, ma chérie...

MARIANNE : Mais dis-moi, Johan. Ne trouves-tu pas ça bizarre. Je veux dire de se retrouver sur ce sacré vieux lit. Cette année dernière, avec ces chambres d'hôtel, c'était tout différent... C'était un peu impersonnel, juste ce qu'il fallait. Mais ici...

JOHAN (gentil) : C'est peut-être une erreur d'être venus ici. On aurait peut-être dû aller au Danemark comme je te l'avais d'abord proposé.

MARIANNE : Nous n'avions pas le temps. Et c'est très bien comme ça.

JOHAN : Non, ce n'est pas très bien. Tu sais ce que je vais faire ?

MARIANNE : Mais si, mais si, dans un moment je m'y serai habituée.

JOHAN : Eh bien, je vais téléphoner à Fredrik. Il a un

cabanon, pas loin d'ici, au bord de l'eau. Tu sais bien.

MARIANNE : Mais comment fera-t-on pour entrer ?

JOHAN : Je suis sûr qu'il a laissé la clef chez un voisin. Je téléphone.

MARIANNE : Non, c'est inutile.

JOHAN : Ça ne coûte rien d'essayer. (Il feuillette un carnet d'adresses, compose un numéro.)... Salut Fredrik. C'est Johan. Comment vas-tu ? (Un silence.) Oui, très bien. (Il se racle la gorge.) Écoute, j'ai une chose un peu délicate à te demander. Tu es seul ? Je veux dire que l'on peut parler sans être entendus ? Je voulais te demander si tu pouvais me prêter ton cabanon de pêcheur pour ce samedi et ce dimanche ? (Un silence.) Hahaha. Tu as deviné juste. Mais ce n'est pas ce que tu crois. Hahaha. Très mignonne, tu sais. Jeune ? Eh oui, un peu trop peut-être. Hahaha. Écoute, c'est très délicat. Tu comprends n'est-ce pas ? Merci, tu es chic. Si je peux te rendre un service, un jour ou l'autre. Écoute ! Pas un mot à Birgit, n'est-ce pas ? Elle ne comprend pas ce genre de choses. Hahaha. Les femmes, tu sais. La clef est sous la marche de l'escalier ? (Un silence.) Oui, très bien. Comment ? Blonde. Bien faite. Ça, je ne te le dirai pas. Pas au téléphone en tout cas. On dîne ensemble un de ces jours. D'accord, je te téléphone. Bien des choses à Birgit. D'ailleurs, non, ne lui dis pas que j'ai téléphoné.

Marianne et Johan pouffent de rire.
Marianne a préparé une petite valise, avec chemise

de nuit, affaires de toilette, etc. et un sac avec des victuailles.

JOHAN : Viens, on file. C'est quoi ce sac ?
MARIANNE : Des trucs pour manger, idiot.

Ils partent. Ils arrivent au cabanon qui est dans un piteux état. Ils font le ménage. Johan essaie d'allumer un feu dans la cheminée. Marianne s'approche de lui. Elle est émue, ses yeux sont pleins de larmes. Johan se retourne.

JOHAN : Qu'est-ce qu'il y a ? Tu pleures ?
MARIANNE : Rien. C'est tellement attendrissant. Je suis complètement folle.
JOHAN : Je suis attendrissant, moi ? Bigre.
MARIANNE : Eh oui, justement, tu l'es. Mon adorable petit Johan. Tu es maintenant si petit.
JOHAN (gêné) : Tu trouves toi aussi que je rapetisse ?
MARIANNE : Tu es maintenant beaucoup plus beau que tu ne l'as jamais été. Et tu as l'air tendre, gentil. Autrefois, ton visage était si tendu, tu étais toujours anxieux, toujours sur tes gardes.
JOHAN : Vraiment ?
MARIANNE : Les gens te font des méchancetés ?
JOHAN (sourit) : Je ne sais vraiment pas. Je crois peut-être que j'ai cessé de me défendre. Il y a quelqu'un qui m'a dit que j'étais veule et que je me laissais faire. Que je me rapetissais. Ce n'est pas vrai. Je crois plutôt que j'ai trouvé ma vraie mesure. Et qu'avec une certaine humilité, j'ai accepté mes

limites. Cela fait que je deviens gentil et un peu triste.

MARIANNE (avec tendresse) : Toi qui attendais tant de la vie.

JOHAN : Non, ce n'est pas vrai. C'est mon *père* qui, lui, attendait tant de choses de moi, pas moi. Seulement, je voulais tant faire plaisir à mon père. Alors, j'essayais toujours de faire ce qu'il attendait de moi. Mais pas ce que j'attendais moi. Quand j'étais petit, mes projets concernant mon avenir étaient très modestes et très agréables.

MARIANNE (sourit) : Et quels étaient tes projets ?

JOHAN : Je ne t'ai jamais raconté ça ?

MARIANNE : Si, tu me l'as raconté, mais j'ai dû oublier.

JOHAN : Oui, bien sûr. (Un silence.) Eh bien vois-tu, j'avais un vieil oncle. Il tenait une petite boutique à Sigtuna, à la fois librairie, papeterie et marchand de jouets. On m'a souvent envoyé chez lui, parce que j'étais un enfant chétif et que j'avais besoin de grand air. Parfois, je les aidais lui et ma tante, à la boutique. C'est ce que j'aimais le plus au monde. Mon rêve c'était d'avoir une boutique comme celle-là. Voilà quelles étaient mes ambitions.

MARIANNE : Nous aurions dû avoir une petite boutique. Évidemment. (Elle sourit.) Et nous aurions bien vécu. Gros et tranquilles, on aurait eu beaucoup d'enfants et on aurait bien dormi, on aurait été respectés, on aurait fait partie d'une amicale et on ne se serait jamais disputés.

JOHAN : C'est très amusant de parler de tout ce qui

n'a pas eu lieu. De toute façon, tu ne te serais jamais plu dans un petit trou de province.

MARIANNE : Non, c'est vrai. (Grave.) Moi, je rêvais de plaider la cause des opprimés. Des ambitions folles. Et voilà : je m'occupe de gens qui divorcent. Non, finissons le ménage.

Marianne et Johan sont à table. Ils ont commencé à manger. Ils boivent du vin. Une lanterne en papier est allumée.

MARIANNE : Comme tu as l'air songeur.

JOHAN : Oui, je suis brusquement frappé par ce fait que nous commençons à nous dire la vérité, toi et moi.

MARIANNE : Et on ne le faisait donc pas avant ? Non, on ne le faisait pas. Et pourquoi ça ? C'est bizarre. Pourquoi nous disons-nous maintenant la vérité ? Je le sais. Parce que nous n'exigeons plus rien.

JOHAN : Nous n'avons plus de secrets l'un pour l'autre.

MARIANNE : Rien à surveiller.

JOHAN : Bref, nous pouvons nous dire la vérité. Au bout de vingt ans.

MARIANNE : Au bout de vingt ans.

JOHAN : Tu crois que deux êtres vivant ensemble quotidiennement ne sont jamais sincères l'un avec l'autre. Est-ce vraiment possible ?

MARIANNE : Nous, en tout cas, nous n'y sommes pas arrivés.

JOHAN : Est-ce même nécessaire ?

MARIANNE : Et si nous nous étions tout le temps dit la

vérité, toi et moi, si nous ne nous étions rien caché l'un à l'autre ?

JOHAN : Savions-nous seulement que nous cachions quelque chose ?

MARIANNE : Évidemment que nous avons sciemment menti. En tout cas, moi.

JOHAN : Toi ! Ce n'est pas vrai.

MARIANNE : Tu entends sur quel ton tu dis ça ?

JOHAN : Et sur quel ton s'il te plaît ?

MARIANNE (sourit) : Les premiers temps de notre mariage, je t'ai trompé plusieurs fois. C'est vrai.

JOHAN : Ah oui.

MARIANNE : Ça te choque ?

JOHAN : Je ne sais pas très bien. Je crois que oui.

MARIANNE : Ça ne tirait guère à conséquence. J'avais l'impression d'étouffer : le mariage, les naissances, tous ces autres devoirs ! Je me suis donné un peu d'air.

JOHAN : Tiens, tiens.

MARIANNE : Coup sur coup, j'ai eu comme ça trois assez jolies aventures avec des messieurs que tu ne connais pas. Et si tu me demandes ce qu'en disait ma conscience, je te répondrai qu'elle était muette comme une porte de prison.

JOHAN : Eh bien, eh bien. Voyez-moi ça.

MARIANNE : Je trouvais que mes aventures compensaient faiblement les souffrances auxquelles j'étais exposée.

JOHAN : Donc, si nous avions dit la vérité...

MARIANNE : Si au printemps 1955, j'avais dit la vérité, cela aurait réduit notre mariage en miettes. J'aurais rompu avec nos deux familles, j'aurais vendu les filles et je t'aurais tué. Et tout ça en t'aimant. Parce que je t'aimais.

JOHAN : Mais après ?

MARIANNE : Après, je me suis lassée.

JOHAN : De moi ?

MARIANNE : Non, de mes amants. Ce n'était tout de même pas à une liberté de ce genre que j'aspirais. J'ai donc essayé de m'adapter.

JOHAN : Tu n'as rien dit.

MARIANNE : A quoi bon. Tu étais en plein boulot pour ta thèse. Et tu avais un ulcère à l'estomac. Il fallait qu'on marche sur la pointe des pieds pour ne pas te déranger.

JOHAN : Mais quand même !

MARIANNE : Une seule chose comptait : que tu passes ton doctorat. Alors, cette histoire de savoir si c'était ou non la vérité était un problème secondaire. Vus de l'extérieur, les rapports entre les hommes et les femmes ont changé. C'est possible. Mais en fait, c'est exactement comme il y a cent ans. N'est-ce pas que c'est comique ?

JOHAN : Mais ensuite ?

MARIANNE : Bien sûr. On a parlé tous les deux. Assez souvent.

JOHAN : Mais pas vraiment sincèrement.

MARIANNE : On vivait au milieu de demi-vérités bien ordonnées. Et puis on avait fait tous les deux des études de psychologie et on pouvait presque expliquer n'importe quoi. Et puis ça nous arrangeait plutôt de ne pas faire d'histoires. Bien sûr, il nous arrivait quelquefois, lorsque nous étions très en colère, de nous dire certaines choses.

JOHAN : Sur lesquelles nous revenions ensuite. Cela nous aurait menés trop loin de vider tout notre sac.

MARIANNE : Alors il fallait mentir. Parfois plus, parfois moins, c'était selon.

JOHAN : Est-ce que tu mets en pratique ce genre d'expériences dans ton nouveau ménage ?

MARIANNE : Évidemment. Je mens tout le temps.

JOHAN : Moi aussi.

MARIANNE : Tu vois.

JOHAN : C'est-à-dire que la vérité n'intéresse pas Anna, ma femme. Elle a organisé notre mariage en vue de notre confort mutuel.

MARIANNE : Tu l'aimes ?

JOHAN : Toujours cette sempiternelle question de femme. Elle est gentille, intelligente, sympathique, propre, bien élevée, elle présente bien et sexuellement elle ne manque vraiment pas d'attrait. J'aime bien prendre mon petit déjeuner avec elle.

MARIANNE : Et elle a voulu te prendre en charge ?

JOHAN : Elle dit qu'elle m'aime bien. Elle se fiche que j'aie ou non de l'envergure. Je peux être aussi fatigué, aussi insupportable que ça m'arrange. Elle dit que ça n'a pas d'importance. Elle dit qu'avec moi, elle se sent en sécurité. Elle ne veut personne d'autre. C'est à n'y rien comprendre.

MARIANNE (sur un autre ton) : Tu as, je crois, trouvé l'oiseau rare, Johan.

JOHAN : Dans ces conditions, je ne devrais sans doute pas la tromper avec toi.

MARIANNE : Peut-être que tu nous aimes toutes les deux.

JOHAN : Et te voilà encore avec tes explications toutes

faites. Savoir aimer est sans doute un don. Je n'ai pas ce don-là.

MARIANNE : Il y a d'abord eu ta mère qui t'adorait et te considérait comme un génie. Ensuite, il y a eu toute une ribambelle de femmes qui se sont comportées, avec toi, exactement comme le faisait ta mère. Moi y comprise. Je me demande ce qui existe en toi qui vient toujours saboter toute maturité normale. Je ne dis pas ça par méchanceté, mais uniquement parce que je me pose sans cesse cette question.

JOHAN (sincère) : Je connais maintenant la raison, et elle n'est pas très encourageante.

MARIANNE : J'aimerais la connaître aussi.

JOHAN : Je vais te confier l'affreux secret. Je suis un petit garçon dans la cinquantaine qui ne voudra jamais devenir adulte.

MARIANNE : Ça, je l'ai toujours su.

JOHAN : Cela m'a beaucoup tracassé et il a fallu que je réfléchisse longtemps avant de réaliser que je suis un enfant avec des organes génitaux aptes à... Une fabuleuse combinaison pour des femmes ayant des sentiments maternels.

MARIANNE : Mon Dieu, que tout ça est banal. Je croyais que tu allais pour le moins me dévoiler des penchants criminels !

JOHAN : Et voilà pourquoi je ne grandis pas. Grandir pour quoi ? Il faudrait alors que je me débrouille tout seul. Peut-être même faudrait-il que je prenne mes responsabilités.

MARIANNE : Quelle chute, mon cher Johan.

JOHAN : Je ne veux pas mûrir, tu comprends. C'est pour ça qu'Anna est une bonne épouse.

MARIANNE : Pauvre Anna.

JOHAN (sourit) : Ta compassion ne me paraît pas très sincère. Et si on parlait de toi ?

MARIANNE (rit) : Et si on finissait de dîner ?

Après avoir mangé et bu, ils se sont confortablement installés devant le feu. Le soir tombe. Ils sont assis chacun dans un bon fauteuil et ils fument sans rien dire.

MARIANNE : Tu veux savoir comment je vis avec Henrik, mon mari ?

JOHAN : Non, plus maintenant.

MARIANNE : Notre mariage a été une bêtise. Ou une sorte de légèreté. On peut vivre ensemble pendant des années sans être mariés et c'est tout autre chose que de vivre ensemble en étant mariés.

JOHAN : Quand vous êtes-vous rencontrés ?

MARIANNE : Il y a plusieurs années. Excuse-moi de te dire ça, mais c'était une affaire purement sexuelle.

JOHAN : Oui, je comprends.

MARIANNE : Henrik est très, comment dire... très convaincant sur ce chapitre. (Elle sourit.) Le sexe, il adore ça et il m'a prouvé que j'aimais ça tout autant que lui. Comme tu te rappelles, je n'étais pas très chaude. Avant.

JOHAN : Je me rappelle.

MARIANNE : Tu n'aimes pas que je parle de ça ?

JOHAN : Non, je n'aime pas. Mais on n'y peut rien.

MARIANNE : J'ai été comme envoûtée par ces choses

nouvelles auxquelles je n'avais jamais participé avant. Je trouvais que je n'étais jamais rassasiée. (Elle sourit.) Ça paraît complètement fou quand je le dis.

JOHAN : Il me semble que ça paraît plutôt agréable. Je veux dire pour toi.

MARIANNE : Comme tu l'imagines, j'ai tout de suite été très attachée à Henrik. Lui aussi il était très épris de moi. Ce n'est pas ce qui m'a empêchée de découvrir assez vite qu'il avait d'autres femmes que moi.

JOHAN : Eh bien, tu m'en diras tant.

MARIANNE : J'ai d'abord été très humiliée, blessée. J'ai même été jalouse.

JOHAN : Tu as été jalouse, *toi* ?

MARIANNE : On a eu une scène violente. Enfin, moi, j'ai été violente. Je lui ai dit d'aller se faire pendre ailleurs.

JOHAN : Et il l'a fait ?

MARIANNE : Il m'a dit qu'il me trouvait bien exaltée. Et puis, il est parti. Au bout de quelques semaines, je l'ai supplié de revenir. A n'importe quelles conditions. Lui aussi trouvait qu'il était temps de renouer. Nous sommes partis ensemble en vacances. Nous avons été très heureux. Et nous nous sommes mariés en rentrant. Après, il y a eu des hauts et des bas. Surtout des bas.

JOHAN : Comme c'est dommage.

MARIANNE : Henrik est un homme d'une activité étourdissante. Il est chef de clinique à l'Hôpital central. Il participe, de plus, à un tas de commissions, et il fait avec ça de la recherche autant qu'il le peut. Au fond, je ne sais pas comment il y arrive.

JOHAN : Surtout s'il pratique plusieurs dames en même temps.

MARIANNE : Il n'est pas en très bonne santé. Il a de la tension et il doit toujours prendre des médicaments. Je me dis quelquefois que je ne pourrai pas le supporter une minute de plus. Et qu'avec toutes ses exigences, il me tue.

JOHAN : Ce n'est pas très amusant pour quelqu'un aussi avide de liberté que toi. N'est-ce pas ?

MARIANNE : C'est très curieusement le contraire.

JOHAN : Je ne comprends pas.

MARIANNE : Maintenant, je ne dépends plus de lui. Je vis avec lui. C'est bien. Je vis avec toi. C'est bien. Si je rencontre un autre homme qui me plaise, je pourrai vivre aussi avec lui.

JOHAN : Et ce serait ça, la liberté.

MARIANNE : Pour le moment, c'est déjà la liberté.

JOHAN : Et tu es heureuse ?

MARIANNE : Je suis parfois malheureuse comme les pierres quand j'ai toutes les raisons d'être heureuse et vice versa. La sensation du bonheur n'a pas de règles. Du moins, pas chez moi.

JOHAN : Je voudrais te poser une question.

MARIANNE (hoche la tête) : Tu voudrais savoir si j'ai gardé mon habitude de me venger au lit. (Elle rit.) J'ai bien essayé. Mais ça ne l'a jamais impressionné. Il m'a dit tout simplement que je l'enquiquinais avec mes bêtises. Puis, il se consacrait à une autre femme avec le même intérêt dévorant. Et moi, je restais là, avec ma vengeance qui ne servait à rien. Alors, j'ai arrêté. D'ailleurs, toi et moi, maintenant on est bien ensemble nous aussi. Dis-moi, mon Johan chéri ?

JOHAN : Oui, bien sûr.

MARIANNE : Tu es jaloux ?

JOHAN : Je me sens tout à la fois attiré et repoussé.

MARIANNE : Tu te rappelles ce qu'on nous apprenait quand on était gosses. Cette pathétique histoire à faire pleurer Margot et qui présentait l'amour charnel comme ce qu'il y avait de plus beau au monde. Et que le corps était un temple et qu'on ne devait pas se gaspiller en menue monnaie. Ou quelque chose d'aussi bête que ça. Faire l'amour était un acte presque sacramentel. C'était tellement beau, tellement tendre, tellement étonnant que lorsqu'il s'agissait de s'y mettre et de pratiquer la chose on éprouvait le grand frisson. Et de l'autre côté, il y avait la pornographie avec de formidables coucheries, des appareils énormes et des coïts qui n'en finissaient pas. C'était assez déprimant. (Un silence.) A quoi tu penses, Johan ? Tu as l'air si grave.

JOHAN (sourit tout à coup) : Je pense que tout est bien. C'est bien. Terriblement bien. Presque merveilleusement bien. Seulement, je ne le supporte pas.

MARIANNE : Je savais bien que tu ne voudrais pas entendre la vérité.

JOHAN (s'emportant) : Mais je me fous de tes orgasmes avec ce salaud d'apoplectique. Grand bien te fasse. Je bave d'admiration devant ta totale libération. Ma parole, tu devrais écrire un roman.

Je te jure que tu serais applaudie par toutes les prêtresses du mouvement de libération de la femme.

MARIANNE : Tu ne vas pas me faire croire que tu es aussi idiot que tu en as l'air.

JOHAN : Je t'ai dit que je me fous de tout ça.

MARIANNE : On ne dirait pas, au contraire, cela semble tout à coup terriblement important.

JOHAN : Non, c'est secondaire. Ce n'est qu'une infime partie de toutes ces excellentes choses que la vie peut nous offrir. Imagine seulement tout ce que nous savons. Imagine toute cette sagesse, toute cette conscience à laquelle nous sommes parvenus à travers tant de larmes et de peines. C'est magnifique. Presque grandiose. Nous nous sommes découverts nous-mêmes. Ce n'est pas croyable. L'un comprend sa petitesse. Et l'autre sa grandeur. Ça ne pouvait pas être mieux. Nous voici bien raisonnablement assis, en train de débiter des bêtises sur nos conjoints respectifs. Ils sont pratiquement avec nous dans cette pièce. Nous leur faisons des signes. C'est de la sexualité de groupe au niveau le plus élevé. Tout est presque comme un manuel sur l'art de vivre. C'est merveilleux, Marianne. L'analyse est totale, la connaissance illimitée. Mais je ne le supporte pas.

MARIANNE (soudain triste) : Je comprends ce que tu veux dire.

JOHAN : Tu le comprends vraiment ?

MARIANNE (tristement) : Je comprends ce que tu veux dire, mais je ne trouve pas que cela soit aussi affreux.

JOHAN : Oui, vois-tu. C'est ça la grande différence entre toi et moi. Parce que je refuse d'accepter le non-sens total derrière la conscience totale. Je ne peux pas vivre avec cette lumière froide sur mes efforts. Si tu savais la peine que j'ai avec ma propre absurdité. J'essaie sans cesse de me redonner du cœur au ventre en me disant que la vie a la valeur qu'on veut bien lui donner. Mais je ne trouve aucune joie à ce genre de phrase. Je veux quelque chose en quoi je puisse croire.

MARIANNE : Je n'éprouve pas la même chose que toi.

JOHAN : Non. Je l'ai compris.

MARIANNE : Contrairement à toi, je supporte. Et je me plais. Je fais confiance à ma raison. Et à mon sentiment. Ils collaborent. Je suis satisfaite des deux. Et maintenant que je commence à vieillir, je me suis découvert un troisième collaborateur. L'expérience.

JOHAN (méchamment) : Tu devrais faire de la politique.

MARIANNE (sérieusement) : Peut-être bien.

JOHAN : Seigneur !

MARIANNE : J'aime les gens. J'aime les discussions, la raison, les compromis.

JOHAN : A ce que j'entends, tu commences à t'entraîner pour ta campagne électorale.

MARIANNE : Tu me trouves difficile à avaler.

JOHAN : Seulement quand tu prêches.

MARIANNE : Je ne dirai plus un mot.

JOHAN : Tu me promets de ne plus énoncer de vérité ce soir ?

MARIANNE : Je te promets.

JOHAN : Tu me promets de ne plus faire valoir ce champion en orgasmes ?

MARIANNE : Plus un seul mot sur lui.

JOHAN : Crois-tu pouvoir dominer *un tout petit instant seulement* ton caractère épouvantablement phraseur et raisonnable ?

MARIANNE : Ce ne sera pas facile mais je vais essayer.

JOHAN : Peux-tu éventuellement, je dis bien *éventuellement* mettre un frein à ta colossale énergie de femme ?

MARIANNE : Je comprends que cela sera nécessaire.

JOHAN : Alors, viens. Allons nous coucher.

La nuit, Marianne se réveille en sursaut, et elle pousse un cri de frayeur. Johan allume les lampes de chevet et il veut la prendre dans ses bras pour la calmer, mais elle se dégage brutalement, saute du lit et commence à marcher de long en large. Johan se tait. Il attend qu'elle dise quelque chose.

MARIANNE : Je ne comprends pas pourquoi je fais ces rêves. Pourquoi ? A ton sens, d'où cela peut-il venir ?

JOHAN : Tu as peut-être mangé quelque chose.

MARIANNE : Tu crois ?

JOHAN : A moins, Marianne, ma chérie, qu'il y ait dans ton monde tellement bien organisé quelque chose qui t'échappe.

MARIANNE : Et ce serait quoi ?

JOHAN : Comment veux-tu que je le sache ?

MARIANNE : Prends-moi dans tes bras. J'ai froid. Et je

brûle. Tu crois que je vais tomber malade ? Les filles viennent d'avoir un gros rhume.

JOHAN (gentil) : Voi-là, voilà. Tu vas voir, tu vas te sentir mieux.

MARIANNE : Peux-tu me remonter un peu la couverture sur les épaules. Très bien, comme ça, il fait bon. Maintenant, ça va beaucoup mieux.

JOHAN : Tu ne te rappelles pas ce qui t'a fait peur ?

MARIANNE : Il fallait qu'on passe sur une route dangereuse ou quelque chose dans ce genre. Je voulais que vous me preniez les mains pour qu'on puisse se soutenir. (Effrayée.) Mais ce n'est pas possible. Je n'ai pas de mains. Je n'ai que deux moignons qui s'arrêtent aux coudes. Et en même temps, je glisse dans du sable fin. Et je n'arrive pas à vous atteindre. Vous êtes là-haut sur la route et je n'arrive pas à vous rejoindre.

JOHAN (tendrement) : Quel rêve affreux !

MARIANNE (après un silence) : Johan.

JOHAN : Oui, mon amie.

MARIANNE : Tu crois que nous vivons dans une confusion totale ?

JOHAN : Toi et moi ?

MARIANNE : Non, nous tous.

JOHAN : Que veux-tu dire par confusion ?

MARIANNE : La peur, l'insécurité, l'incompréhension. La confusion quoi. Et il y a quelque chose en nous qui sait que nous glissons vers le bas. Et nous ne savons pas comment faire.

JOHAN : Oui, je le crois.

MARIANNE : C'est peut-être comme un poison.

JOHAN : Tu veux dire un poison en nous ?

MARIANNE : Et si tout était vraiment trop tard ?

JOHAN : Il ne faut pas dire ce genre de choses. On a juste le droit de les penser.

MARIANNE : Et pourtant nous n'arrêtons pas de faire des efforts.

JOHAN : Toi surtout.

MARIANNE : Johan !

JOHAN : Oui.

MARIANNE : Avons-nous raté quelque chose ?

JOHAN : Nous tous ?

MARIANNE : Toi et moi.

JOHAN : Qui serait quoi ?

MARIANNE : Il m'arrive parfois de comprendre parfaitement ce que tu ressens, ce que tu penses. Et j'éprouve pour toi une immense tendresse et je m'oublie, même si je ne m'efface pas. Tu vois ce que je veux dire ?

JOHAN : Je vois ce que tu veux dire.

MARIANNE : Il m'arrive aussi parfois de m'identifier avec une personne que je ne connais pas du tout et de la comprendre. Ça ne dure qu'un bref instant.

JOHAN : Si on devait se fier à ce genre d'humanisme sentimental, on n'arriverait à rien, je peux te l'assurer.

MARIANNE : Johan.

JOHAN : Oui.

MARIANNE : Il m'arrive parfois d'avoir du chagrin parce que je n'ai jamais aimé personne. Je ne crois pas non plus avoir jamais été aimée. Cela m'attriste un peu.

JOHAN : Je te trouve incroyablement exaltée.

MARIANNE (sourit) : Tu trouves ?

JOHAN : Je ne peux répondre qu'en ce qui me concerne. Je t'aime à ma façon, imparfaite et plutôt égoïste. Et il m'arrive de m'imaginer que tu m'aimes à ta façon bruyante et houleuse. Je crois tout simplement que nous nous aimons. D'une façon terrestre et imparfaite.

MARIANNE : Tu le crois vraiment ?

JOHAN : Tu as de ces prétentions !

MARIANNE : Oui.

JOHAN : Mais ici, tout simplement, au milieu de la nuit, dans une maison obscure, quelque part au monde. Je suis assis et tu es dans mes bras. Et je suis dans tes bras. Impossible de prétendre que ce soit par sympathie ou par humanité.

MARIANNE : Non, tu ne le prétends pas.

JOHAN : Je n'ai probablement pas d'imagination pour ce genre de choses.

MARIANNE : Non, tu n'as guère d'imagination.

JOHAN : Mon amour ressemble à n'importe quoi. Il m'est impossible de le décrire et dans la vie quotidienne, je ne l'éprouve pour ainsi dire jamais.

MARIANNE : Et tu crois que je t'aime aussi ?

JOHAN : Oui, peut-être est-ce ça. Mais si nous le rabâchons trop, l'amour meurt.

MARIANNE : On va rester comme ça toute la nuit ?

JOHAN : Non, sûrement pas.

MARIANNE : Et pourquoi pas ?

JOHAN : Parce qu'une de mes jambes s'est ankylosée et que mon bras gauche est presque déboîté. J'ai terriblement sommeil et j'ai aussi froid dans le dos.

MARIANNE : Alors, il n'y a qu'à s'enfoncer sous les couvertures.

JOHAN : Oui, je crois.

MARIANNE : Bonne nuit, mon chéri. Et merci pour tout ce que tu as dit.

JOHAN : Bonne nuit.

MARIANNE : Dors bien.

JOHAN : Merci, toi aussi.

MARIANNE : Bonne nuit.

DU MÊME AUTEUR

Aux Éditions Gallimard

SCÈNES DE LA VIE CONJUGALE.

FACE À FACE.

L'ŒUF DU SERPENT.

SONATE D'AUTOMNE.

CRIS ET CHUCHOTEMENTS *suivi de* PERSONA *et de* LE LIEN.

DE LA VIE DES MARIONNETTES.

FANNY ET ALEXANDRE.

LATERNA MAGICA.

IMAGES

Impression Bussière à Saint-Amand (Cher),
le 1er octobre 1992.
Dépôt légal : octobre 1992.
Numéro d'imprimeur : 1924.
ISBN 2-07-038544-2./Imprimé en France.

56693